國家出版基金項目
NATIONAL PUBLICATION FOUNDATION

詹福瑞　陳紅彦　主編

分門纂類唐歌詩
國家圖書館藏宋刻本

歷代唐詩珍稀選本彙編

（唐宋金元卷）

㊱

鳳凰出版社

目次

分門纂類唐歌詩

二

國家圖書館藏宋刻本

趙孟奎分門纂類唐歌詩

草木蟲魚類卷第三　趙孟奎　分門纂類唐歌詩九十一

花三

牡丹　題牡丹

賞牡丹　看牡丹

觀牡丹　傷牡丹

惜牡丹　别牡丹

送牡丹　未開牡丹

殘牡丹　紅牡丹

白牡丹　紅白牡丹

李商隱

壓逕復緣溝當牕又映樓終銷一國破不啻萬金求鸞鳳戲三島神仙居十洲應憐萱草淡却得號忘憂

錦幃初卷衛夫人綉被猶堆越鄂君垂手亂翻雕玉珮折腰争舞鬱金裙石家蠟燭何曾剪荀令香爐可待熏我是夢中傳彩筆欲書花葉寄朝雲

秦韜玉

拆妖放豔有誰催疑就仙中旋折來圖把一春

皆占斷囿留三月始教開壓枝金蘂香如撲逐
朶檀心巧勝裁好是酒闌絲竹罷倚風含笑向
樓臺

孫魴

意態天生異轉看看轉新百花休放艷三月始
爲春蝶死難離檻鶯狂不避人其如豪貴地清
醒復何因

來鵬

中國名花異國香花開得地更芬芳繞呈冶態
當春晝却斂妖姿向夕陽雨過阿嬌慵粉黛風

藥塵

王叡

牡丹妖艷亂人心一國如狂不惜金曷若東園桃與李果成無語自成陰

裴說

數朶欲傾城安同桃李榮未嘗貧處見不似地中生比物疑無價當春獨有名遊蜂與胡蝶來往自多情

鄭谷

亂前看不足亂後眼偏明却得蓬蒿力遮藏見

太平

羅隱

似共東風別有因絳羅高卷不勝春若教解語應傾國任是無情亦動人芍藥與君爲近侍芙蓉何處避芳塵可憐韓令功成後辜負穠華過此身

羅鄴

落盡春紅始著花花時比屋事豪奢買栽池館恐無地看到子孫能幾家門倚長衢攢繡轂幄籠輕日護香霞歌鐘滿座争歡賞肯信流年鬢

有華

張又新

牡丹一朶直千金將謂從來色最深今日滿欄
開似雪一生辜負看花心

李咸用

少見南人識識來嗟復驚始知春有色不信爾
無情恐是天地媚暫隨雲雨生緣何絕尤物更
可比妍明

文丙

萬物承春各鬭奇百花分貴近亭池開時若也

姮娥見落日那堪公子知詩客筵中金殘滿美人頭上玉釵垂不向寒菊舒重九只擬清香泛酒卮

薛能

去年零落暮春時淚濕紅牋怨别詩常恐便隨巫峽散何因重有武陵期傳情每向馨香得不語還應彼此知欲就欄邊安枕席夜深閑共説相思

司空圖

得地牡丹盛曉添龍麝香主人猶自惜錦幕護

春霜

渾侍中宅牡丹

劉禹錫

徑尺千餘朶人間有此花今朝見顔色更不向

諸家

題所賃宅牡丹花

王建

賃宅得花饒初開恐是妖粉光深紫膩肉色退

紅嬌且願風留著惟愁日炙焦可憐零落蘂收

取作香燒

西明寺牡丹

元稹

花滿琉璃地上生光風炫轉紫雲英自從天女盤中見直至今朝眼更明

重題西明寺牡丹

白居易

往年君向東都去曾歎花時君未迴今年況作江陵別惆悵花前又獨來只愁離別長如此不道明年花不開

杭州開元寺牡丹花

張祜

濃艷初開小藥欄人人惆悵出長安風流却是

錢塘寺不踏紅塵見牡丹

僧院牡丹

李商隱

葉薄風才倚枝輕霧不勝開先如避客色淺爲

依僧粉壁正蕩水緗幃初卷燈傾城惟待笑要

裂幾多繒

主人司空後亭牡丹

孫魴

佳卉挺芳辰夭容乃絶倫望開從隔歲愁過即
無春體物眞英氣餘花似廢人蜂攢知眷戀鳥
語亦殷勤況在豪華地寧同里巷塵酷憐應喪
德多賞柰怡神忌穢栽時土甞甜折處津逶行
那識倦圍坐豈辭頻又夢殊巫峽臨池勝洛濵
樂喧絲雜竹露漬夘連寅飲興尤思滿吟情自
合新怕風惟怯夜憂雨不經旬欄檻爲良援亭
臺是四隣雖非能伐性爭免礙還淳鬪艷何慙
蜀矜繁未讓秦私心期一日許近看逡巡

萬壽寺牡丹

翁承贊

爛熳香風引貴游高僧移步亦遲留可憐殿角

長松色不得王孫一舉頭

遠公亭牡丹

李咸用

鴈門禪客吟春亭牡丹獨逞花中英雙成膩臉

隈雲屏百般姿態因風生延年不敢歌傾城朝

雲暮雨愁娉婷蘂繁蟻脚粘不行甜迷蜂醉飛

無聲廬山根脚含精靈發妍吐秀叢君庭溢江

太守多閑情欄朱繞絳留輕盈潺潺綠醴當風

傾平頭奴子啾銀笙紅葩艷艷交童星左文右
武憐君榮白銅鞮上慙清明
柴司徒宅牡丹
李中
暮春欄檻有佳期公子開顔乍拚時翠幄密籠
鶯未識好香難掩蝶先知願陪妓女爭調樂欲
賞賔朋預課詩只恐却隨雲雨去隔年還是動
相思
戲題牡丹
韓愈

幸自同開俱隱約何須相倚鬬輕盈凌晨併作
新糚面對客偏含不語情雙鷰無機還拂掠遊
蜂多思正經營長年是事皆抛盡今日欄邊暫
眼明

題牡丹

盧士衡

萬葉紅綃剪盡春丹青任寫不如真風光九十
無多日難惜樽前折贈人

題南平後園牡丹

齊已

暖披煙艶照西園翠幄朱欄護列仙玉帳笙歌
留盡日瑶臺伴侶待歸天香多覺受風光剩紅
重知含雨露偏上客分明記開處明年開更勝
今年

賞牡丹

劉禹錫

庭前芍藥妖無格池上芙蕖淨少情惟有牡丹
真國色花開時節動京城

看牡丹

孫魴

莫將紅粉比穠華紅粉那堪比此花隔院聞香
誰不惜出欄呈艷自應誇北方有態須傾國西
子能言亦喪家輸我一枝和曉露真珠簾外向
人斜
看花長到牡丹月萬事全忘自不知風促乍開
方可惜雨淋將謝可堪悲開年對坐渾成偶醉
後抛眠恐負伊也擬便休還改過迢迢争柰一
年期

元縣

金蘂霞英疊綵香初疑少女出蘭房逡巡又是

一年别寄語集仙呼索郎

夜看牡丹　　温庭筠

高低深淺一欄紅把火殷勲逩露叢希逸近來成懶病不能容易向春風

唐郎中宅與諸公同飲酒看牡丹　　劉禹錫

今日花前飲甘心醉一杯但愁花有語不爲老人開

和王郎中召看牡丹

姚合

葩疊蕚相重燒欄復照空妍姿朝景裏醉艷晚
煙中乍恠霞臨砌還疑燭出籠遶行驚地赤移
坐覺衣紅殷麗開繁朶香濃發幾叢裁綃樣豈
似染茜色寧同嫩畏人看損鮮愁日炙融嬋娟
涵宿露爛熳抵春風縱賞襟情合閑吟景思通
客來歸盡懶鶯戀語無窮萬物珍那比千金買
不充如今難更有縱有在仙宫

與楊十二李三早入永壽寺看牡丹

元稹

曉入白蓮宮琉璃花界淨開敷多喻草淩亂被
幽徑壓砌錦地鋪當霞日輪映蝶舞香暫飄蜂
牽蘂難正寵處綵雲合露湛紅珠瑩結葉影自
交搖風光不定繁花有時節安得保全盛色見
盡浮榮希君了眞性

看渾家牡丹花戲贈李二十

白居易

香勝燒蘭紅勝霞城中最數令公家人人散後
君湏看歸到江南無此花

次韻和盧先輩避難寺居看牡丹

王駕

亂後寄僧居看花恨有餘香宜閑靜立態似別

離初朵窓紅相照欄低盡不如狂風任吹却寂

共野人踈

牛尊師宅看牡丹

段成式

洞裏仙春日更長翠叢風剪紫霞芳若爲蕭史

通家客情願扛壺入醉鄉

看天王院牡丹

王貞白

前年帝里探春時寺寺名花我盡知今日長安
已灰燼忍隨南國對芳枝

再看光福寺牡丹　　劉兼

去年曾看牡丹花舞蝶迎人傍綠霞今日再遊
光福寺春風吹我入仙家當筵芬馥歌脣動倚
檻嬌羞醉眼斜來歲未朝京闕去依前和露載
歸衙

看牡丹　　僧文益

擁毳對芳叢由來趣不同髮從今日白花是去年紅艷色隨朝露馨香逐晚風何須待零落然後始知空

觀江南牡丹

張蠙

此地花開南地風寄根還與客心同群芳盡怯千般態幾醉能消一番紅舉世秪將華勝賞眞禪元喻色爲空近年明主思王道不許新栽滿六宫

中山臨上人院觀牡丹寄諸從事

杜荀鶴

閑來吟遶牡丹叢花艷人生事略同半雨半風三月内多愁多病百年中開當韶景何多好落向僧家即是空一境別無惟此有忍教醒坐對支公

傷雨後牡丹

劉昭禹

廢功看不已醉起又持盃數日簾當卷中宵雨忽來淒涼無戲蝶零落在蒼苔造化根難問令人首可迴

晚春送牡丹

李建勲

携觴邀客遶朱欄腸斷殘春送牡丹風雨數來留不得離披將謝忍重看氛氳蘭麝香初減零落雲霞色漸乾借問少年能幾許不須推酒厭盃盤

題未開牡丹

孫魴

青苞雖小葉雖踈貴氣高情便有餘渾未盛時猶若此筭應開日合何如尋芳蝶巳棲丹檻襯

落莕先染石渠無限風光言不得一心留在暮春初

主人司空見和未開牡丹輙卻奉和

把筆臨芳不自怡首銜章句促妖期巳驚常調言多鄙遽捧高吟愧可知絕代負名應愈重千金方笑更難移狂歌狂醉尤堪羨大拙當時是老時

殘牡丹

李建勳

腸斷題詩如執別芳茵愁更繞欄鋪風飄金蘂

看全落露滴檀英又暫蘇失意婕妤粧漸薄背
身妃子病難扶廻看池館春休也又是迢迢看
畫圖

微之宅殘牡丹

白居易

殘紅零落無人賞雨打風摧花不全諸處見時
猶悵望況當元九小亭前

賣殘牡丹

魚玄機

臨風興歎落花頻芳意潛消又一春應為價高

人不問却緣香甚蝶難親紅英只稱生宮裏翠葉那堪染露塵及至移根上林苑王孫方恨買無因

紅牡丹　王維

緑豔閑且静紅衣淺復深花心愁欲斷春色豈知心

白牡丹　白居易

白花冷澹無人愛亦占芳名道牡丹應似東宮

白賛善被人還喚作朝官

和錢學士作

城中看花客旦暮走營營素華人不顧亦占牡丹名閑在深寺中車馬無來聲惟有錢學士盡日遶叢行憐此皓然質無人自芳馨衆嫌我獨賞移植在中庭留景夜不暝迎光曙先明對之心亦靜虛白相向生唐昌玉蘂花攀翫衆所爭折得比顏色一種如瑤瓊彼因稀見貴此以多爲輕始知無正色愛惡隨人情豈惟花獨爾理與人事并君看入時者紫艶與紅英

白牡丹

裴潾

長安豪貴惜春殘爭賞先開紫牡丹別有玉盤承露冷無人起就月中看

王貞白

穀雨洗纖素裁爲白牡丹異香開玉合輕滑泥銀盤曉貯露華濕宵傾月魄寒佳人淡糚罷無語倚朱欄

僧舍白牡丹二首

吳融

膩若裁雲薄綴霜春殘獨自殿群芳梅𩛸向日
霏霏暖紈扇搖風閃閃光月魄照來空見影露
華凝後更多香天生潔白宜清淨何必殷紅映
洞房
侯家萬朶簇霞丹若𦂳雙林素豔難合影只應
天際月分香多是晼中蘭雖饒百卉爭先發還
在三春向後殘想得惠林憑此檻肯將榮落意
來看

同于汝錫賞白牡丹

王建

曉日花初吐春寒白未凝月光裁不得蘇合點
難勝柔膩於雲葉新鮮掩鶴膺統心黃倒暈側
面紫重稜乍斂看如睡仍開問欲譍並香幽蕙
死比艷美人憎價數千金貴形相兩眼疼自知
顏色好愁被彩光凌

紅白牡丹　　吴融

不必繁絃不必歌靜中相對更情多殷鮮一半
霞分綺潔澈旁邊月颭波看久願成莊叟夢惜
留須倩魯陽戈重來應共今來別風墮香殘襯

碧莎

趙侍郎看紅白牡丹因寄楊狀頭贊圖

殷文珪

遲開都爲讓群芳貴地栽成對玉堂紅艷裊煙

疑欲語素華映月只聞香剪裁偏得東風意淡

薄似矜西子𢾁雅稱花中爲首冠年年長占斷

春光

牡丹種田

李賀

蓮枝未長秦蘅老走馬駄金劚春草水灌香泥

却月盆一夜綠房迎白曉美人醉語園中煙晚
華已散蝶又闌梁王老去羅衣在拂袖風吹蜀
國絃歸霞帔拖蜀帳昏嫣紅落粉罷承恩檀郎
謝女眠何處樓庭月明燕夜語

正元中牡丹多

柳渾

近來無柰牡丹何數十千錢買一窠今朝始得
分明見也共戎葵不校多

聞王仲周所居牡丹花發戲贈

武元衡

聞說亭花秀暮春長安才子看須頻花開花落
無人見借問何人是主人
虛白堂前牡丹相傳去太傅手植在錢唐

羅隱

欲詢往事柰無言六十年來此托根香暖幾飄
袁虎扇格高長對孔融樽曾憂世亂陰難合且
喜春殘色尚存莫背欄干便相笑與君俱受主
人恩

和僧房牡丹

吳融

萬緣銷盡本無心何事看花恨却深都是支郎足情調墜香殘蘂亦成吟

又題牡丹上主人司空

孫魴

一年芳勝一年芳愛重賢侯意異常手劈紅芳看闊狹自張青幄蓋馨香白疑美玉無多潤紫覺靈芝不是祥秪恐夢徵他日去又須移向鳳池傍

牡丹落後有作

未發先愁有一朝如今零落更塊銷青叢别後

無多色紅綫穿來已半焦蓄恨綺羅猶眷眷薄
情蜂蝶去飄飄明年雖道還期在争柰憑欄乍
寂寥

移牡丹栽　白居易

金錢買得牡丹栽何處辤叢别主來紅芳堪惜
還堪恨百處移將百處開

贈李十二牡丹花片因以餞行　元稹

鸎滛餘聲絮墮風牡丹花盡葉成叢可憐顔色

經年別收取朱欄一片紅

秋題牡丹藂

二　白居易

晚叢白露夕衰葉涼風朝紅艶久已歇碧芳今亦銷幽人坐相對心事共蕭條

和樂天秋題牡丹藂

元稹

弊宅豔山卉別來長歎息吟君晚藂詠似見摧隤色欲識別後容勤過晚藂側

芍藥

韓愈

浩態狂香昔未逢紅燈爍爍緑盤龍覺來獨對
忽驚恐身在仙宫第幾重

王貞白

芍藥承春寵何曾羨牡丹麥秋能幾日穀雨只
微寒妬態風頻起嬌㶉露欲殘芙蓉浣紗伴長
恨隔波瀾

潘咸

閑來竹亭賞賞極蘂珠宫葉已盡餘翠花纔半
展紅媚欺桃李色香奪綺羅風每到春殘日芳

華處處同

紅芍藥

元稹

芍藥綻紅綃巴籬織青瑣繁絲蹙金蘂高燄當鑪火翦刻彤雲片開張赤霜裹煙輕琉璃葉風亞珊瑚朶受露色低迷向人嬌婀娜酡顏醉後泣小女粧成坐黯黯錦不如夭夭桃未可晴霞畏欲散晚日愁將墮結植本爲誰賞心期在我採之諒多思幽贈何由果

戲題堦前芍藥

柳宗元

凡卉與時謝妍華麗兹晨欹紅醉濃露窈窕留餘春孤賞白日暮暄風動摇頻夜窻藹芳氣幽卧知相親願致溱洧贈悠悠南國人

錢起

故王維右丞堂前芍藥花開悽然感懷

芍藥花開出舊欄春衫掩淚再來看主人不在花長在更勝青松守歲寒

草詞畢遇芍藥初開因詠小謝紅藥當堦飜詩以爲一句未盡其狀偶成十六韻

白居易

罷草紫泥詔起吟紅藥詩詞頭封送後花口拆
開時坐對鉤簾久行觀步履遲兩三叢爛熳十
二葉參差背日房微斂當堦朶旋敧鈒葶抽碧
股粉蘂撲黄絲動蕩情無限低斜力不支周迴
看未足比諭語難爲勾漏丹砂裹僬僥火燄旗
彤雲賸根蔕絳幘欠纓緌况有晴風度仍兼宿
露垂疑香薰罨畫似淚著臙脂有意留連我無
言怨思誰應愁明日落如恨隔年期菡萏泥連
蕚玫瑰刺繞枝等量無勝者惟眼與心知

薔薇

陸龜蒙

倚墻當户自横陳致得貧家似不貧外布芳菲雖笑日中含芒刺欲傷人清香往往生遥吹狂蔓看看及四鄰遇有客來堪玩處一端晴綺照煙新

奉和次韻

皮日休

誰綉連延滿户陳暫應遮得陸郎貧紅芳掩斂將迷蝶翠蔓飄飄欲挂人低拂地時如墮馬高

臨牆處似窺隣稱應是董雙成戲蒻得神霞段寸寸新

裴説

一架長條萬朶春嫩紅深緑小窠勻只應根下千年土曾葬西川織錦人

吳融

萬卉春風度繁花夏景長館娃人盡醉西子始新粧

李建勳

萬蘂争開照檻光詩家何物可相方錦江風撼

雲霞碎仙子衣飄黼黻香裛露早英濃壓架
人狂蔓暗穿墻綠䗯纈蘸旬休日欲召親
一場
拂簷拖地對前墀蝶影蜂聲爛熳時萬倍馨香
勝玉蕊一生顏色笑西施忘歸醉客臨高架恃
寵佳人索好枝將並舞腰誰得及惹衣傷手盡
從伊
齊已
根本似玫瑰繁英刺外開香高叢有架紅落地
多苔去住閑人看晴明遠蝶來牡丹先幾日銷

歇向塵埃

薔薇篇

儲光羲

裊裊長數尋，青青不作林。一莖獨秀當庭心，數枝分作滿庭陰。春日遲遲欲將半，亭影聆聆正堪翫。枝上鸎嬌不畏人，葉裏蛾飛自相亂。秦家女兒愛芳菲，畫眉相喚採萎蕤。高處紅鬚欲就手，低邊綠刺已牽衣。蒲桃架上朝光滿，楊柳園中瞑鳥飛。連袂蹋歌從此去，風吹香氣逐人歸。

薔薇花

張祜

曉風抹破臙脂顆夜雨催成蜀錦機當晝開時

正明媚故鄉疑是買臣歸

陸暢

錦窠花朶燈叢醉翠葉眉稠裛露垂莫引美人

來架下恐驚紅片落臙脂

李季蘭

翠融紅綻渾無力斜倚欄干似詫春深處最宜

香惹蝶摘時兼恐焰燒春當空巧結玲瓏帳着

地能鋪錦綉裀最好凌晨和露看碧紗牕外一

枝新

題薔薇花

朱慶餘

四面重條密浮陰入夏清綠攢傷手刺紅墮斷

腸英粉着蜂鬚濆膩光凝蝶翅明雨中看亦好況

復值初晴

和薔薇花歌

孟郊

仙機札札織鳳凰花開七十有二行天霞落地

攢紅光風枝嫋嫋時一颺飛散葩馥遶空王忽

驚錦浪洗新色又似宫娃逞糚飾終當一使移
花根還比蒲桃天上植

紅薔薇　　牛嶠

曉啼珠露渾無力綉簇羅襦不着行若綴壽陽
公主額六宫争肯學梅糚

　　莊南傑

九天碎霞明澤國造化工夫潛剪刻翠蕚長眉
約細枝般紅短刺鈎春色明日當樓晚香歇金
帶盤空欲成結謝豹聲催麥壠秋薰風吹落猩

猩血　李咸用

春雨有五色灑來花旋成欲留池上景别染草
中英晝出看還欠𮗚爲插未輕王孫多好事携
酒寄吟傾

紅薔薇花歌　王轂

紅霞爛潑猩猩血阿母瑶池曬仙纈晩日春風
奪眼明蜀機錦彩渾疑黦公子亭臺香觸人百
花懡㦬無精神苧羅西子見應妬風光占斷年

年新

李太舍池上翫紅薇醉題

韓偓

花低池小水泙泙花落池心片片輕酩酊不能
着白髮顛狂猶自睠紅英乍爲旅客顔常厚每
見同人眼暫明京洛林園歸未得天涯相顧一
含情

邀人賞薔薇

孟郊

蜀色庶可比楚叢亦應無醉紅不自力狂豔如

索扶麗蘂惜未掃死枝長更紆何人是花侯詩
老強相呼
從叔將軍宅薔薇花開太府韋卿有題壁長
句因以和作
權德輿
環列從容蹀躞歸光風駘蕩發紅薇鬬藏密葉
宜新霽蝶遶低枝愛晚暉艷色當軒迷舞袖繁
香滿逕拂朝衣名卿洞壑仍相近佳句新成和
者稀
溧陽唐興寺觀薔薇花同諸公餞陳明府

孟郊

忽驚紅琉璃千艷萬艷開佛火不燒物淨香空
徘徊花下印文字林間詠觴盃羣官餞宰官此
地車馬來

林書記薔薇

張碧

東風拚盡諸花卉是箇亭臺冷如水黃鸝舌滑
跳柳陰教看薔薇吐金蘂雙成溺出瑠璃宫天
香闊罩紅熏籠西施曉下吳王殿亂拋嬌臉新
匀濃瑶姬學綉流蘇慢綠夾般紅垂錦叚炎洲

吹落濴汀雲阮瑀庭前裴一半醉且書還復吟
蜀戕影裏霞光侵秦娥晚憑欄干立隶枝墜落
青羅襟般頻無波緑池水爲君作鏡開糚蘂

朱秀才庭際薔薇

方干

繡難相似畫難眞明媚鮮姸絶比倫露壓盤條
方到地風吹艷色欲燒春斷霞轉影侵西壁濃
麝分香入四隣看取後時歸故里庭花應讓錦
衣新

重題薔薇

皮日休

濃似猩猩初染素輕於燕燕欲淩空可憐細麗

難勝日照得深紅作淺紅

奉和次韻

陸龜蒙

穠華自古不得久況是倚春春已空更被夜來

風雨惡滿階狼籍沒多紅

僧院薔薇

李咸用

客引擎茶看離披曬錦紅不緣開淨域爭忍負

春風小片當吟落清香入定空何人來此植應
固惱休公

城上薔薇　李紳

薔薇繁豔滿城陰爛熳開紅次第深新蘂度香
翻宿蝶密房飄影戲晨禽賓閨織婦慙詩句南
國佳人怨錦衾風月寂寥思往事暮春空賦白
頭吟

臨水薔薇　李群玉

堪恨復堪傷無情不久長浪摇千臉笑風舞一
叢芳似濯文君錦如窺漢女粧所思雲雨外何
處寄馨香

和友人題僧院薔薇花三首

崔櫓

何人移得在禪家瑟瑟枝條簇簇霞争那寂寥
埋草暗不勝惆悵舞風斜無緣影對金罇酒可
惜香和石鼎茶着取老僧齊物意一般抛擲等
凡花

忍委芳心此地開似霞顏色苦低迴風驚少女

偷香去雨認巫娥覓伴來今日獨憐僧院種舊
山曾映釣磯栽三清上客知惆悵勸我春醪一
兩盃
露香如醉態如慵斜壓危欄草色中試問更誰
過野寺無憀徒自舞春風蘭釭尚惜連明在錦
帳先愁入夏空一日幾回來又去不能容易捨
深紅

三月二十七日自撫州往南城縣舟行見拂
水薔薇因有是作
韓偓

江中春雨波浪肥石上野花枝葉瘦枝低波高如
有情浪去枝留如力鬭緑刺紅芳戰𡗝時呉娃越
艷醺酣後且將濁酒伴清吟酒逸吟狂輕宇宙

戲題新栽薔薇

白居易

移根易地莫憔悴野外庭前一種春少府無妻
春寂寞花開將爾當夫人

戲題盧祕書新移薔薇

風動翠條腰嫋娜露垂紅蕚淚闌干移他到此
須爲主不別花人莫使看

裴常侍以題薔薇架十八韻見示因廣爲三
十韻以和之
託質依高架攢華對小堂晚開春去後獨秀院
中央霽景朱明早芳時白晝長穠因天與色麗
共日爭光剪碧排千萼研朱染萬房烟條塗石
緑粉蘂撲雌黄根動彤雲湧枝搖赤羽翔九微
燈炫轉七寶帳熒煌淑氣熏行徑清陰接步廊
照梁迷藻棁耀壁變雕牆爛若叢燃火殷於葉
得霜臙脂含笑臉蘇合裛衣香浹洽濡晨露玲
瓏漏夕陽合羅排勘襭醉暈淺深粧乍見疑迴

面遥看誤斷腸風朝舞飛燕雨夜泣蕭娘桃李
懇無語芝蘭讓不芳山榴何細碎石竹苦尋常
蕙慘偎欄避蓮羞映浦藏怯教蕉葉戰妬得柳
花狂豈可輕嘲詠應須痛比方晝慳風自展繡
繖蓋誰張翠錦挑成字丹砂印著行猩猩凝血
點瑟瑟蹙金匡散亂萎紅片尖纖嫩紫芒觸僧
飄毷褐留妓冒羅裳宴和陽春曲多情騎省郎
緣誇美顏色引出好文章東顧辭仁里西歸入
帝鄉假如君愛殺留著莫移將

薔薇花一叢獨死不知其故因有是篇

柯條未嘗損根發不曾移同類今齊茂孤芳忽

獨萎仍憐委地日正是帶花時碎碧初凋葉焦

紅尚戀枝乾坤無厚薄草木自榮衰欲問因何

事春風亦不知

櫻桃

太宗

華林滿芳景洛陽徧陽春朱顏含遠日翠色影

長津喬柯囀嬌鳥低枝映美人昔作園中實今

來席上珍

櫻桃花

皮日休

婀娜枝香拂酒壺向陽疑是不融酥晚來嵬峩
渾如醉惟有春風獨自扶

櫻桃花下

李商隱

流鶯舞蝶兩相欺不取花芳正結時他日未開
今日謝嘉辰長短是參差

櫻桃曲

顧況

百舌猶來上苑花遊人獨自憶京華遥知寢廟

嘗新後勑賜櫻桃向幾家

題櫻桃　　李群玉

春初携酒此花間幾度臨風倒玉山今日葉聲

黄滿樹再來惆悵不能攀

題宇文秀才櫻桃

李渉

風光莫占少年家白髮殷勤最戀花今日顛狂

任君笑趂愁得醉眼麻茶

北樓櫻桃花

李紳

開花占得春光早雪綴雲裝萬蕚輕凝豔拆時初
照日落英頻處乍聞鶯舞空柔弱看無力帶月葱
龍似有情多事東風入閨闥盡飄芳思委江城

韋莊

樟亭驛小櫻桃

當年此樹正花開五馬仙郎載酒來李白已亡
工部死何人堪伴玉山頹

劉言史

山寺看櫻桃花題僧壁

楚寺春風臘盡時含桃先拆一千枝老僧不語
傍邊坐花發人來揔不知

和裴僕射看櫻桃花

張籍

昨日南園新雨後櫻桃花發舊枝柯天明不待
人同看遶樹重重履跡多

同諸客携酒早看櫻桃花

白居易

曉報櫻桃發春携酒客過綠餳粘盞杓紅雪壓
枝柯天色晴明少人生事故多停杯替花語不

醉擬如何

夜看櫻桃花

皮日休

纎枝摇月弄圓霜半入隣家半入牆劉阮不知

人獨立滿衣清露到明香

買帶花櫻桃

呉融

粉紅輕淺靚糚新和露和煙別近隣萬一有情

應有恨一年榮落兩家春

白櫻樹

于武陵

記得花開雪滿枝和蜂和蝶帶花移如今花落
遊蜂去空作主人惆悵詩

櫻桃花下有感而作

白居易

藹藹美周宅櫻繁春日斜一爲洛下客十見池
上花爛熳豈無意爲君占年華風光饒此樹歌
舞勝諸家失盡白頭伴長成紅粉娃停盃兩相
顧堪喜且堪嗟

題東樓前李使臣所種櫻桃花

身入青雲無見日手栽紅樹又逢春惟留花向
樓前著故故抛愁與後人

元家花

今日元家宅櫻桃發幾枝稀稠與顔色一似去
年時失却東園主春風可得知

衡州歲前遊合江亭見山櫻蘂未拆因賦
含彩恡驚春

呂温

山櫻先春發紅蘂滿霜枝幽處竟誰見芳心空
自知似羞朝日照疑畏暖風吹欲問含彩意恐

驚輕薄兒

移山櫻桃　白居易

亦知官舍非吾宅且劚山櫻滿院栽上佐近來
多五考少應四度見花開

嘲櫻桃　李商隱

朱實鳥含盡青樓人未歸南園無限樹獨自葉
如幃

草木蟲魚類卷第三

草木蟲魚類卷第四　趙孟奎　分門纂類

唐歌詩九十二

花　四

木蘭　辛夷

木筆　玉蘂

玫瑰　玉燭

石竹　桐花

刺桐花　楊花

柳花　柳絮

楕李　山木瓜

紫藤　萱

蜀葵　黄葵

白蜀葵　荷花

荷　新荷

高荷　秋荷

哀荷　蓮

嘉蓮　重臺蓮

白蓮　晚蓮

殘蓮　秋蓮

惜蓮　看蓮

看採蓮　蓮葉

玉簪

花四

木蘭

二月二十二木蘭開拆初初當新病酒復自久離居愁絕更傾國驚新聞遠書紫絲何日障油壁幾時車弄粉知傷重調紅或有餘波痕空映襪煙態不勝裾桂嶺含芳遠蓮塘屬意踈瑶姬與神女長短定何如

李涉

碧落眞人著紫衣始堪相並木蘭枝今朝繞郭花看遍盡是深村田舍兒

唐彥謙

衆花摇落正無憀脉脉芳叢契後凋舒卷綠苞臨小檻剪裁檀的綴長條獨當春盡情何限尚有秋期別未遥桃葉近來消息絶見君長憶渡江橈

戲題木蘭花

白居易

紫房日照臙脂拆素艷風吹膩粉開怪得獨饒
脂粉態木蘭曾作女郎來

題令狐家木蘭花

膩如玉指塗朱粉光似金刀翦紫霞從此時時
春夢裏應添一樹女郎花

題靈祐上人法華院木蘭花

劉長卿

庭種南中樹年華幾度新已依初地長獨發舊
園春映日成華蓋摇風散錦茵色空榮落處香
醉往來人菡萏千燈遍芳菲一雨均高柯儻爲

檝渡海有良因

陳秀才亭際木蘭

方干

昔見初栽日今逢成樹時存思心更感遶看步還遲蝶舞摇風蘂鶯啼含露枝徘徊不忍去應與醉相宜

二辛夷

李群玉

狂吟亂舞雙白鶴霜翎玉羽紛紛落空庭向晚春雨微却斂寒香抱瑶蕚

揚州看辛夷花

皮日休

臘前千朶亞芳叢細膩偏勝素㮩功螓首不言

披曉雪麝臍無主任春風一枝拂地成瑤圃數

樹參庭是蘂宮應爲當時天女服至今猶未放

全紅

奉和次韻

陸龜蒙

柳疎梅墮少春叢天遣花神别致功高處朶稀

難避日動時枝弱易爲風堪將亂蘂添雲肆若

得千株便雪宫不待群芳應有意等閑桃杏即
争紅
題靈隱寺紅辛夷花戲酬光上人
白居易
紫粉筆含尖火熖紅臙脂染小蓮花芳情香思
知多少惱得山僧悔出家
木筆花
吴融
嫩如新竹管初齊粉膩紅輕樣可携誰與詩人
偎檻看好於牋墨併分題

玉蘂　唐彦謙

玉蘂兩高樹相輝松桂旁向來塵不雜此夜月仍光秀掩叢蘭色艷吞穠李芳世人嫌具美何必更清香

鄭谷

唐昌樹已荒天意眷文昌晚入微風起春時雪滿牆

唐昌觀玉蘂花　楊巨源

晴空素艷照霞新香灑天風不到塵持贈昔聞
将白雪蘂珠宫上玉花春

武元衡

琪樹年年玉蘂新洞宫長閉綵霞春日暮落英
鋪地雪獻花無復九天人

王建

一樹蘢鬆玉刻成飄廊點地色輕輕女冠夜覔
香來處惟見階前碎月明

楊凝

瑶花瓊蘂種何年蕭史秦嬴向紫煙時控綵鸞

過舊邸摘花持獻玉皇前

招隱山觀玉蕊花

李德裕

玉蘂天中樹金閨昔共窺落英閑舞雪密葉作
低帷舊賞煙霄遠前歡歲月移今來想顔色還
似憶瓊枝

和浙西李觀察觀玉蘂花

沈傳師

曾對金鑾直同依玉樹陰雪英飛舞近煙葉動
摇深素萼年年密衰容日日侵勞君想華髮僅

欲不勝簪

同嚴給事聞唐興觀玉蘂近有仙過作二首

張籍

千枝花裏玉塵飛阿母宫中見亦稀應共諸仙

闘百草獨來偷折一枝歸

九色雲中紫鳳車尋仙來到洞仙家飛輪迴處

無蹤跡惟有斑斑滿地花

惜玉蘂花有懷集賢王校書起

白居易

芳意將闌風又吹白雲離葉雪辭枝集賢讎校

無閑日落盡瑤花君不知

閒王蘂院花下眞人降

嚴休復

終日齋心禱玉宸魂銷眼冷未逢眞不如滿樹

瓊瑤蘂笑殺藏花洞裏人

羽車潛下玉龜山塵世何由覩蕣顔惟有無情

枝上雪好風吹綴綠雲鬟

玫瑰

唐彥謙

麝蘂騰清燎鮫紗覆綠蒙宮雉𤦲跣日錦𧙕落

東風無力春煙裏多情暮雨中不知何事意深
淺兩般紅
和李舍人昆季詠玫瑰花寄贈徐侍郎
盧綸
獨鶴寄煙霜雙鸞思晩芳舊陰依謝宅新艶出
蕭牆蝶散摇輕露鶯銜入夕陽雨朝勝濯錦風
夜劇焚香斷日千層艶孤霞一片光密來驚葉
少動處覺枝長布影期高賞留春為遠方當闈
贈瓊玫吻和愧升堂
和李員外與舍人詠玫瑰花寄徐侍郎

司空曙

仙吏紫薇郎奇花共翫芳攢星排緑蔕照眼發
紅光暗妬翻堦藥遥連直署香遊枝蜂遶易礙
刺鳥銜妨露濕凝衣粉風吹散蘂黄蒙籠珠樹
合煥爛錦屏張留客勝看竹思人比愛棠如傳
採蘋詠遠思滿瀟湘

玉燭花　劉兼

褭褭香英三四枝亭亭紅艷照堦墀正當晚檻
初開處恰似春幃就試時少女不吹方熠爚東

君偏惜未披離夜深斜倚朱欄外擬把隣光借
與誰

石竹花

陸龜蒙

曾看南朝畫國娃古羅衣上碎明霞而今莫共
金錢鬬買却春風是此花

齊己

石竹花開照庭石紅鮮自禀離宫色一枝兩枝
初笑風猩猩血潑低低叢常嗟世眼無眞鑒却
被丹青苦相陷誰爲根尋造化工爲君吐出淳

元膽白日當午方盛開彤霞灼灼臨池臺繁香
濃艷如未已粉蝶遊蜂狂欲死

堦前石竹

王績

上天布甘雨萬物咸均平自顧微且賤亦得蒙
滋榮萋萋結綠枝曄曄垂朱英常恐零露降不
得全其生歎息聊自思此生豈我情昔我未生
時誰者令我萌弃置勿重陳委化何所營

雲陽寺石竹花

司空曙

一自幽山別相逢此寺中高低俱出葉深淺不
分叢野蝶難爭白庭榴暗讓紅誰憐芳最久春
露到秋風

病中對石竹花

皇甫冉

散點空堦下閑凝細雨中那能久相伴嗟爾殢
秋風

荅李滁州題庭前石竹花見寄

獨孤及

殷烏閑切疑曙霞染巧類匣刀裁不怕南風熱能

迎小暑開遊蜂憐色好思婦感年催覽贈添離
恨愁腸日幾廻

道該上人院石竹花歌

顧況

道該房前石竹叢深淺紫深淺紅嬋娟灼爍委
清露小枝小葉飄香風上人心中如鏡中求日
垂簾觀色空

桐花

元稹

朧月上山館紫桐垂好陰可憐暗澹色無人知

此心舜沒蒼梧野鳳歸丹穴岑遺落在人世光
華那復深年年怨春意不競桃杏林惟占清明
後牡丹還復侵況此空館閉玄誰恣幽尋徒煩
鳥噪集不語山嶔崟滿院青苔地一樹蓮花簪
自開還自落暗芳還暗沉爾生不得所我願裁
爲琴安置君王側調和元首音安問宫徵角先
辨雅鄭淫宫絃春以君君若春日臨商絃廉以
臣臣作旱天霖人安角聲暢人困鬭不任羽以
類萬物祅物神不歆徵以節百事奉事罔不欽
五者苟不亂天命乃可忱君若問孝理彈作梁

山吟君若事宗廟拊以和球琳君若不好諫願
獻觸蹠蒇君若不罷獵請聽荒于禽君若侈臺
殿雍門可霑襟君若傲賢儁鹿鳴有食苓君聞
祈招什車馬勿駸駸君若欲敗度中有式如金
君聞薰風操志氣在愔愔中有阜財語勿受來
獻賝北里當絶聽禍莫大於婬南風苟不競無
往遺之擒荽聲不入耳巧言寧孔壬梟音亦云
革安得沴與祲天子既穆穆群林亦森森劒士
還農野絲人歸織紝丹鳳巢阿閣文魚游碧潯
和氣浹環海易若漑蹄涔豉張乃可鼓此語無

古今非琴獨能爾事有諭因針感爾桐花意閑
怨杳難禁待我持斤斧置君爲大深

桐花詩 并序

元和五年余貶掾江陵三月二十四
日宿曾峰館山月曉時見桐花滿地
因有八韻寄白翰林詩當時草蹙未
暇紀題及今六年詔許西歸去時桐
樹上孫枝已拱矣余亦白鬓須兩莖而
蒼然斑鬢感念前事因題舊詩仍賦
桐孫詩一絶又不知幾何年復來商

山道中元和十年正月題

去日桐花半桐葉別來桐樹老桐孫城中過盡

無窮事白髮滿頭歸故園

桐花　　白居易

春令有常候清明桐始發何此巴峽中桐花開

十月豈伊物理變信是土宜別地氣反寒暄天

時倒生殺草木堅強物所稟固難奪風候一參

差榮枯遂乖剌況吾北人性不耐南方熱強羸

壽夭間安得依時節

苔桐花

山木多蓊鬱茲桐獨亭亭葉重碧雲片花簇紫
霞英是時三月天春暖山雨晴夜色向月淺暗
香隨風輕行者多商賈居者悉黎氓無人解賞
愛有客獨屏營手攀花枝立足蹋花影行生憐
不得所死欲揚其聲截爲天子琴刻得古人形
云待我成器薦之於穆清誠是君子心恐非草
木情胡爲愛其華而反傷其生老龜被刳腸不
如無神靈雄雞自斷尾不願爲犧牲况此好顔
色花紫葉青青宜遂天地性忍加刀斧刑我思

五丁力拔入九重城當君正殿栽花葉生光晶
上對月中桂下覆階前蓂汎拂香爐烟隱映斧
藻屛爲君布緑陰當暑蔭軒楹沉沉緑滿地桃
李不敢爭爲君發清韻風來如叩瓊泠泠聲滿
耳鄭衛不足聽受君封植力不獨吐芳馨助君
行春令開花應清明受君雨露恩不獨含芳榮
戒君無戲言翦葉封弟兄受君歲月功不獨資
生成爲君長高枝鳳凰頭上鳴一鳴君萬歲壽
如山不傾再鳴萬人泰泰階爲之平如何有此
用幽滯在巖垌歲月不爾駐孤芳坐凋零請向

桐枝上爲余題姓名待余有勢力移爾獻丹庭

題山驛新桐花

崔櫓

雨餘烟膩暖香浮影暗斜陽古驛樓丹鳳揔巢
阿閣去紫花空映楚雲愁堪憐翠蓋奇於畫更
惜方庭冷似秋長日老春看落盡野禽閑哢碧
悠悠

刺桐花

王轂

南國清和煙雨辰刺桐夾道花開新林梢簇簇

紅霞爛䁔着天別覺生精神穠英鬭火欺朱槿棲
鶴驚飛翅憂燼直疑青帝去怱怱收拾春風渾
不盡

泉州刺桐花詠兼呈趙使君四首

陳陶

猗猗小艷夾通衢晴日薰風笑越姝只是紅芳
移不得刺桐屏障滿中都

髣髴三株植世間風光滿地赤城閑無因秉燭
看奇樹長伴劉公醉玉山

赤帝甞聞海上遊三千幢蓋擁炎洲今來樹似

離宫色紅翠欹斜十二樓
不勝攀折悵年華紅樹南看見海涯故國春風
歸去盡何人堪寄一枝花

楊花

吴融

不鬭穠華不占紅自飛晴野雪濛濛百花長恨
風吹落惟有楊花獨愛風

齊己

䨀景照悠悠邐空勢漸稠乍如飛雪遠未似落
花休萬帶都門外千株渭水頭紛紜知近夏銷

歇恐成秋軟著朝簪去狂隨别騎遊𦶜衝離館
驛鶯撲繞宫樓江國晴愁對池塘晚見浮虚㥯
縈筆雅深院藉苔幽細糝王孫酒繁粘客子裘
詠吟何潔白根本屬風流向日還輕舉因風更
自由不堪思汴岸千里到揚州

歎楊花

韋應物

空濛不自定況值暄風度舊賞逐流年新愁忽
盈素繚縈下苑曲稍滿東城路人意有悲歡時
芳獨如故

詠柳花

薛能

浮生失意頻起絮又飄淪發自誰家樹飛來獨
院春朝容縈斷砌晴影過諸隣亂掩宫中蝶繁
衝陌上人隨波應到海霑雨或依塵會向慈恩
日輕輕對此身

柳花寄宋明府

李建勳

每愛江城裹青春向盡時一迴新雨歇是處好
風吹破石粘蟲網高樓撲酒旗遥知陶令宅五

樹正離披

柳絮　楊凝

河畔多楊柳追遊盡狹斜春風一回送亂入莫愁家

白居易

三月盡時頭白日與春老别更依依憑鶯爲向楊花道絆惹春風莫放歸

薛濤

三月柳花輕復微春風搖蕩惹人衣他家本是

無情物一向南飛又北飛

雍裕之

無風纔到地有風還滿空緣渠偏似雪莫近鬢毛中

羅鄴

處處東風撲晚陽輕輕醉粉落無香就中堪恨隋堤上曾惹龍舟舞鳳凰

李中

年年三月暮散亂雜飛花雨過微風起狂飄千萬家

柳絮詠

孫魴

年年三月裏隨處自悠揚雨過渾疑盡風來特地狂入花蜂有礙遮水燕無妨苦是添離思青門道路長

惜楨李花

白居易

樹小花鮮妍香繁條軟弱高低二三尺重疊千萬蕚朝艶藹霏霏夕凋紛漠漠辤枝朱粉細覆地紅綃薄由來好顔色常苦易銷爍不見莨蕩

花狂風吹不落

看山木瓜花二首

劉言史

裛露凝氛紫艶新千般婉娜不勝春年年此樹

花開日出盡丹陽郭裏人

柔枝濕葉亞朱欄暫作庭芳便欲殘深藏數片

將歸去紅縷金針綉取看

紫藤

白居易

藤花紫蒙茸藤葉青扶踈誰謂好顏色而爲害

有餘下如蛇屈盤上若繩縈紆可憐中間樹束
縛成枯株柔蔓不自勝嫋嫋挂空虛豈知纏樹
木千夫力不如先柔後爲害有似諛佞徒附著
君權勢君迷不肯誅又如妖婦人綢繆蠱其夫
奇邪懷人室夫惑不能除寄言邦與家所慎在
其初毫末不早辨滋蔓信難圖願以藤爲誡銘
之於座隅

萱

李嶠

屣步尋芳日忘憂自結叢黄英開養性緑葉正

依籠色湛仙人露香傳少女風還遶依北堂下曹植動文雄

李咸用

芳草比君子詩人情有由祗應憐雅態未必解忘憂積雨莎庭小微風蘚砌幽莫言開太晚猶勝菊花秋

對萱草

韋應物

何人樹萱草對此郡齋幽本是忘憂物今夕重生憂叢疎露始滴芳餘蝶尚留還思杜陵圃離

披風雨秋

忘憂花

吳融

繁紅落盡始淒凉直道忘憂也未忘數朶殷紅

似春在春愁特此繫人腸

詠蜀葵

陳陶

緑衣宛地紅倡倡薰風似舞諸女郎南隣蕩子

婦亡賴錦機春夜成文章

蜀葵花歌

岑參

昨日一花開今日一花開今日花正好昨日花已老人生不得恒少年莫惜床頭沽酒錢請君有錢向酒家君不見蜀葵花

遊南國偶見在陰墻下葵因以成詠　劉長卿

此地常無日青青獨在陰太陽偏不及非是未傾心

、黄葵花　李涉

此花莫遣俗人看新染鵝黄色未乾好逐秋風
上天去紫陽宫女要頭冠

黄蜀葵

薛能

嬌黄新嫩欲題詩盡日含毫有所思記得玉人
初病起道家裝束厭禳時

宣陽所居白蜀葵花詠簡諸公

歐陽詹

丹丹衆芳歇亭亭虚室前斆榮時已背幽賞地
宜偏紅艷世方重素華徒可憐何當君子願知

不競暄妍

荷花

李商隱

都無色可並不柰此香何瑤席秉涼設金羈落晚過迴衾燈照綺渡襪水沾羅預想前秋別離居夢櫂歌

世間花葉不相倫花入金盆葉作塵惟有緑荷紅菡萏卷舒開合任天眞此花此葉長相映翠減紅衰愁殺人

韓偓

鈿扇相欹綠香囊獨立紅浸遙因重露狂暴是
秋風逸調無人唱秋塘每夜空何由見周昉移
入畫屏中

南池荷花　　羊士諤

蟬噪城溝水芙蓉忽已繁紅花迷越艷芳意過
湘沅湛露宜清暑披香正滿軒朝期秪自賞穠
李亦何言

黄子陂荷花

唐彦謙

十頃狂風撼麴塵緑堤照水露紅新世間花氣
皆愁絶恰是蓮香更惱人

荷

李嶠

新溜滿澄陂圓荷影若規風來香氣遠日落蓋
陰移魚戲排緗葉龜浮見緑池魏朝難接採楚
服且同披

曲池荷

盧照隣

浮香遶曲岸圓影覆華池常恐秋風早飄零君

不知

折荷有贈

李白

涉江翫秋水愛此紅蕖鮮攀荷弄其珠蕩漾不
成圓佳人綵雲裏欲贈隔遠天相思無因見悵
望涼風前

新荷

李羣玉

田田八九葉散點綠池初嫩碧纔平水圓陰巳
蔽魚浮萍遮不合弱荇繞猶疎半在春波底芳

心卷未舒

高荷

元稹

種藕百餘根高荷遶四葉颭閃碧雲扇團圓青玉疊亭亭自擡舉鼎鼎難藏壓不學着水荃一生長怗怗

秋荷

陸龜蒙

蒲茸承露有佳色茭葉束煙如効嚬盈盈一水不得渡冷翠遺香愁向人

慈恩寺南池秋荷詠

韋應物

對殿含涼氣裁規覆清沼衰紅受露多餘馥依人少蕭蕭遠塵跡颯颯凌秋曉節謝客來稀迴塘方獨遶

衰荷

白居易

白露凋花花不殘涼風吹葉葉初乾無人解愛蕭條境更遶衰叢一匝看

蓮

唐彦謙

新蓮映多浦迢遞緑塘東靜影揺波日寒香印水風金塵飄落蘂玉露洗残紅着着餘芳少無人問的中

蓮花

郭震

臉膩香薫似有情世間何物比輕盈湘妃雨後來池看碧玉盤中弄水晶

崔櫓

影欹晴浪勢欹煙恨態緘言日抵年輕霧曉和

香積飯片紅時墮化人船人間有筆應難畫雨
後無塵更好憐何限斷腸名不得倚風嬌怯醉
腰偏

階下蓮

白居易

葉展影飜當砌月花開香散入簾風不如種在
天池上猶勝生於野水中

隔浦蓮

隔浦愛紅蓮昨日看猶在夜來風吹落只得一
迴採花開雖有明年期復愁明年還暫時

京兆府新栽蓮

汚溝貯濁水水上葉田田我來一長歎知是東
溪蓮下有清泥汚馨香無復全上有紅塵撲顔
色不得鮮物性猶如此人事亦宜然託根非其
所不如遭弃捐昔在溪中日花葉媚清漣今來
不得地顦顇府門前

題學公院池蓮　李洞

竹引山泉玉甃池栽蓮莫怪藕生絲如何不似
麻衣客坐對秋風待一枝

詠南池嘉蓮

姚合

芙蓉池裏葉田田一本雙花出碧泉濃淡共妍香各散東西分艷蒂相連自知政術無他異縱是禎祥亦偶然四野人聞皆盡喜爭來入郭看嘉蓮

詠雙開蓮花

劉商

菡萏新花曉並開濃粧美笑面相隈西方彩畫嘉陵鳥早晚雙飛池上來

合歡蓮花

韋莊

虞舜南巡去不歸二妃相誓死江湄空留萬古香魂在結作雙葩合一枝

重臺蓮

李紳

緑荷舒卷涼風曉紅萼開縈紫的重游女漢皐争笑臉二妃湘浦並愁容自含秋露貞姿結不競春妖冶態穠終恐玉京仙子識却將歸種碧池峰

皮日休

欹紅婑媠力難任每葉頭邊半米金可得教他

水妃見兩重元是一重心

陸龜蒙

水國煙鄉足芰荷就中芳瑞此難過風情爲與

吳王近紅蕚常教一倍多

李建勳

斜倚秋風絶比倫千英和露染難勻自爲祥瑞

生南國誰把丹青寄北人明月幾宵同綠水牡

丹無路出紅塵憐伊不筭多時立贏得馨香暗

上身

詠白蓮　皮日休

膩於瓊粉白於脂京兆夫人未畫眉靜婉舞偷
將動處西施嚬效半開時通宵帶露粧難洗盡
日凌波步不移願作水仙無別意年年圖與此
花期

細嗅深看暗斷腸從今無意愛紅芳折來只合
瓊爲客把種應須玉甃塘向日但疑酥滴水含
風渾訝雪生香吳王臺下開多少遙似西施上

素粧
但恐醍醐難並潔秪應薝蔔可齊香半垂金粉
知何似靜婉臨溪照額黃

陸龜蒙

素蘤多蒙別艷欺此花真合在瑤池還應有恨
無人覺月曉風清欲墮時

東林寺白蓮

白居易

東林北塘水湛湛見底清中生白芙蓉菡萏三
百莖白日發光彩清飈散芳馨洩香銀囊破瀉

露王盤傾我慙塵垢眼見此瓊瑶英乃知紅蓮
華虛得清淨名夏蕚敷未歇秋房結纔成夜深
衆僧寢獨起繞池行欲收一顆子寄向長安城
但恐出山去人間種不生

六年秋重題

素房含露玉冠鮮紺葉摇風鈿扇圓本是吴州
供進藕今爲伊水寄生蓮移根到此三千里結
子經今六七年不獨池中花故舊兼乗舊日採
花船

題東林白蓮

大士生兜率空池滿白蓮秋風明月下齋日影
堂前色後群芳拆香和百和燃誰知白淥性一
片好心田

觀盆池白蓮

素萼金英歎露開倚風凝立獨徘徊應思瀲灎
秋池底更有歸天伴侶來

赤門堰白蓮花

皮日休

縞帶與綸巾輕舟漾赤門千迴紫萍岸萬頃白
蓮村荷露傾衣袖松風入髻根瀟踈今若此爭

不盡餘樽

高侍御話及皮博士池中白蓮因成一章寄博士兼呈侍御

吳融

白玉花開綠錦池風流御史報人知看來應是雲中墮偷去須從月下移已被亂蟬催婉娩更禁涼雨動襹褷習家秋色堪圖畫只欠山公倒接䍦

種白蓮

白居易

吳中白藕洛中栽莫戀江南花懶開萬里攜歸
爾知否紅蕉朱槿不將來

感白蓮花

白白芙蓉花本生吳江濆不與紅者雜色類自
區分誰移爾至此姑蘇白使君初來苦顦顇久
乃芳氛氳日月葉換葉年年根生根陳根與故
葉銷化成泥塵化者日已遠來者日復新一爲
池中物永别江南春忽想西涼州中有天寶民
埋殁漢父祖孳生胡子孫已忘鄉土戀豈念君
親恩生人尚復爾草木何足云

晩蓮

李羣玉

露冷芳意盡稀踈空碧荷殘香隨暮雨枯蘂墮
寒波楚客罷奇服吳姬停櫂歌涉江無可寄幽
恨竟如何

殘蓮花

崔櫓

倚風無力減香時涵露如啼卧翠池金谷樓前
馬嵬下世間殊色一般悲
不耐高風怕冷烟瘦紅欹委倒青蓮無人解把

無塵袖盛取殘香盡日憐

秋池一枝蓮

郭苍

秋至皆零落凌波獨吐紅託根方得所未肯即

隨風

惜蓮花

崔櫓

半塘前日染來紅瘦盡金方昨夜風留樣最嗟

無巧筆護香誰爲惜薰籠緣停翠棹沉吟看忍

使良波積漸空魂斷舊溪憔悴態冷煙殘粉楚

臺東

岳陽雲夢亭看蓮花

似醉如慵一水心斜陽欲暝彩雲深淸明月照羞無語凉冷風吹勢不禁曾向楚臺和雨看只於吳苑弄船尋當時爲汝題詩遍此地依前泥苦吟

和李補闕曲江看蓮花

姚合

露荷迎曙發灼灼復田田乍見神應駭頻來眼尚顛光凝珠有蔕焰起火無煙粉膩黄絲蘂心

重碧玉錢日浮秋轉麗雨灑晚彌鮮醉艷酣千
朶愁紅思一川緑莖扶萼正翠葯滿房圓淡暈
還殊衆繁英得自然高名猶不厭上客去争先
景逸傾芳酒懷濃習綵牋海霞寧有態蜀錦不
成妍客至應消病僧來欲破禪曉多臨水立夜
只傍堤眠金似明沙渚燈疑宿浦船風驚叢乍
密魚戲影微偏穠彩燒晴霧殷姿纈碧泉畫工
投粉筆宫女弃花鈿鳥戀驚難起蜂偷困不前
遶行香爛熳折贈意纏綿誰詠江南曲風流合
管絃

看採蓮　白居易

小桃閑上小蓮船半採紅蓮半白蓮不似江南惡風浪芙蓉池在卧床前

蓮葉　李羣玉

根是泥中玉心承露下珠在君塘上種埋没任春蒲

鄭谷

移舟水濺差差緑倚檻風揺柄柄香多謝浣溪

人不折雨中留得蓋鴛鴦

陳翃中丞東齋賦白玉暮

盧綸

美矣新成太華峰翠蓮枝折葉重重松陰滿潤
開飛鶴潭影通雲暗上龍漠漠木香風頗馥消
消乳溜味何濃因聲遠報浮丘子不奏登封時
破容

草木蟲魚類卷第四

草木蟲魚類卷第五　趙孟奎　分門纂類

唐歌詩九十三

花五

石榴　千葉石榴

海榴　山榴

山薑花　積雪花

米囊花　蔫蒻花

紫薇　蘭

金錢　槐花

鳳仙花　槿花

玉蕣　雞冠花
金燈花　芙蓉
白芙蓉　木芙蓉
菊　秋菊
新菊　早菊
晚菊　寒菊
殘菊　十日菊
野菊　白菊
甘菊　乞菊栽
採菊　對菊

雜題　合歡

花　五

石榴

孔紹安

可憐中庭樹移根逐漢臣只爲來時晚開花不及春

榴花

韓愈

五月榴花照眼明枝間時見子初成可憐此地無車馬顛倒青苔落絳英

感石榴二十韻

元稹

何年安石國萬里貢榴花迢遞河源道因依漢使槎酸辛犯葱嶺顦悴涉龍沙初到摽珍木多來比亂麻深拋故園裏少種貴人家惟我荆州見憐君胡地賖從教當路長兼恣入簷斜緑葉裁煙翠紅英動日華新簾裙透影踈牖燭籠紗委作金罏焰飄成玉砌瑕乍驚珠綴密終誤繡幃奢琥珀烘梳碎燕支嬾頰塗風翻一樹火電轉五雲車絳帳迎宵日芙渠綻早牙淺深俱隱

映前後各分葩宿露低蓮臉朝光借綺霞暗虹
徒繳繞濯錦莫周遮俗態能嫌舊芳姿尚可嘉
非專愛顏色同恨阻幽遐滿眼思鄉淚相嗟亦
自嗟

千葉石榴花
子蘭
一朶花開千葉紅開時又不藉東風若教移在
香閨畔定與佳人艷態同

海榴
楊憑

海榴殷色透簾籠看盛看衰意欲同若許三英
隨五馬便將濃艶鬬繁紅

温庭筠

海榴開似火先解報春風葉亂裁牋綠花宜插
鬢紅蠟珠攢作帶緗綵剪成叢鄭驛多歸思相
期一笑同

方干

亭際夭妍日日看每朝顔色一般般滿枝猶待
春風力數朶先欺臘雪寒舞蝶似隨歌拍轉遊
人只怕酒盃乾久長年少應難得忍不叢邊到

病隨支遁偶行行正見榴花獨滿庭瘦竹成林
人不看却應羞得強青青

歎靈鷲寺山榴

李羣玉

水蝶巖蜂俱不知露紅凝豔數千枝山深春晚
無人賞即是杜鵑催落時

雨中看山榴落花

李郢

山榴遍砌栽山火一團開盡日風兼雨春渠擁
作堆

崔元受少府自貺所遺山薑花以詩答之

劉禹錫

故人博羅尉遺我山薑花採從碧海上來自謫仙家雲濤潤孤根陰火照晨葩淨揺扶桑日豔對瀛洲霞世人愛芳辛搴擷忘幽遐傳名入帝里飛馹辭天涯王濟本尚味石崇方鬬奢雕盤多不識綺席乃增華驛馬損筋骨貴人滋齒牙顧予藜藿士持此空嘆嗟

和崔使君臨發不得觀積雪花見題書閣

朱景玄

貧居稍與池塘近 向日軒車不降來 一樹瓊花
空有待 曉風看落滿青苔

米囊花　　鄭震

開花空道勝於草 結實何曾濟得民 却笑野田
禾與黍 不聞絲管過青春

燕蓊花　　李郢

十二街中何限草 燕蓊盡欲占殘春 黄花撲地
無窮極 愁殺江南去住人

紫薇花

唐彥謙

素秋寒露重，芳事固應稀。小檻臨清沼，高藂見紫薇。溫鏖終有思，暗淡豈無輝。見欲迷交甫，誰能狀宓妃。糊新猶倚鏡，步緩不勝衣。恍似新相得，悵如久未歸。又疑神女過，猶佩七香幃。還似星娥織，初臨五綵機。慶雲今已集，威鳳莫驚飛。綺筆題難盡，煩君白玉徽。

白居易

絲綸閣下文書靜，鐘鼓樓中刻漏長。獨坐黄昏

誰是伴紫薇花對紫薇郎
紫薇花對紫薇翁名色雖同皃不同獨占芳菲
當夏景不將顏色託春風潯陽官舍雙高樹興
善僧庭一大叢何似蘇州安置處花堂欄下月
明中

甘露寺紫薇花

孫魴

蜀葵鄙下兼全落菡萏清高且未開赫日迸光
飛蝶去紫薇擎艶出林來聞香不稱從僧舍見
影尤思在酒盃誰笑晚芳爲賤劣便饒春麗巳

塵埃羣吟過夏惟憂盡立看移時亦忘迴惆悵
寓居無好地懶能分取一枝栽

臨發崇讓宅紫薇

李商隱

一樹濃姿獨看來秋庭暮雨類輕埃不先搖落
應爲有已欲別離休更開桃綬含情依露井柳
綿相憶隔章臺天涯地角同榮謝豈要移根上
苑栽

見紫薇花憶微之

白居易

一叢暗淡將何比淺碧籠裙襯紫巾除却微之
見應愛人間少有別花人

甲子歲夏五月自長沙抵醴陵貴就深僻以
便踈慵由道林之南步步勝絶去緑口分
東入南小江山水益秀村籬之次忽見紫
薇花因思玉堂及西掖廳前皆植是花遂
賦詩四韻聊寄知心

韓偓

職在内庭宫闕下廳前皆種紫薇花眼明忽傍
漁家見魂斷方驚鳳闕賒淺色暈成宫裏錦濃

香染着洞中霞此行若遇支機石又被君平驗
海查

蘭

李嶠

虛室重招尋忘言契斷金英浮漢家酒雪儷楚
王琴廣殿輕香發高臺遠吹吟汾河應擢秀誰
肯訪山陰

無可

蘭色結春光氛氳掩衆芳過門階露葉尋澤遥
連香晼靜風吹亂亭秋雨引長靈均曾采擷紉

珮挂荷裳

詠芳蘭　太宗

春暉開禁苑淑景媚蘭場映庭含淺色凝露泫

浮光日麗參差影風傳輕重香會須君子折佩

裏作芬芳

幽蘭　崔塗

幽植衆寧知芬芳只暗持自無君子佩未是國

香衰白露沾長早春風到每遲不如當路草芬

馥欲何爲
園中時蔬盡加鋤理惟秋蘭數本委而不顧
彼雖一物有足悲者遂賦二章
張九齡
場藿已成歲園葵亦向陽蘭時獨不偶露節漸
無芳旨異菁爲蓄甘非蔗有漿人多利一飽誰
復惜馨香
幸得不鋤去孤苗守舊根無心羡旨蓄豈欲近
名園遇賞寧充佩爲生莫礙門幽林芳意在非
是爲人論

余昔自西濵得蘭數本移藝於庭亦既逾歲
而芃然蕃殖自余遊者未始以芳草爲遇
矣因悲夫物有壓常而返不若混然者有
之焉遂寄情於此

温庭筠

寓賞本殊致意幽非我情吾常有深淺外物無
重輕各言藝幽深彼美香數莖豈爲賞者設自
保孤根生易地無赤株麗土亦同榮賞際林壑
近泛餘煙露清余懷旣鬱陶爾類徒縱横妍蚩
苟不信寵辱何爲驚貞隱諒無迹激時猶揀名

幽叢諳綠晼豈必懷歸耕

金錢花

來鵬

也無稜郭也無神露洗還同鑄出新青帝若教

花裏用牡丹應是得錢人

盧子發

輪郭休誇四字書紅窠寫出對庭除時時買得

佳人笑本色金錢却不如

陳翥

裊露牽風夾瘦莎一星星大遍窠窠閑門永巷

新秋裏幸不傷廉莫怕多
古蘚寒蕪讓品流小齋多謝伴清幽若教夷甫
門前種也是無多過一秋

吳仁璧

淺絳濃香幾朶匀日鎔金鑄萬家新堪疑劉寵
遺芳在不許山陰父老貧

羅隱

占得佳名繞樹芳依依相伴向秋光若交此物
堪收貯應被豪門盡斸將

梠花

翁承賛

雨中裴點望中黄勾引蟬聲送夕陽憶惜當年

隨計吏馬蹄終日爲君忙

鄭谷

毵毵金蘂撲晴空舉子魂驚落照中今日老郎

猶有恨昔年相虐十秋風

羅鄴

行宫門外陌銅駞兩畔分栽此最多欲到清秋

近時節争開金蘂向關河層樓寄恨飄珠箔駿

馬憐香撼玉珂愁殺江湖隨計者年年爲爾剩

奔波

歧下寓居見槐花落因寄從事

吴融

纔開便落不勝黄覆著庭莎襯夕陽只共蟬催雙鬢老可知人已十年忙曉𢡡須爲吟秋興夜枕應教夢帝鄉蜀國馬卿看從獵肯將閑事入

凄凉

鳳仙花

吴仁璧

香紅嫩緑共開時冷蝶飢蜂兩不知此際最宜

何處看朝陽初上碧梧枝

槿花

李商隱

風露淒淒秋景繁可憐榮落在朝昏未央宮裏

三千女但保紅顏莫保恩

鷰體傷風力鷄香積露文殷鮮一相雜啼笑兩

難分月裏寧無姊雲中亦有君三清與仙島何

事亦離群

珠館熏燃久玉房梳掃餘燒蘭纔作燭襞錦不

成書本以亭亭遠翻嫌脉脉疎迴頭問殘照殘

照更空虛

崔道融

槿花不見夕，一日一回新。東風吹桃李，須到明年春。

紅槿花

戎昱

花是深紅葉麴塵，不將桃李共爭春。今日驚秋自憐客，折來持贈少年人。

朱槿花

薛濤

紅開露臉誤文君司蒡芙蓉草緑雲造化大都
排比巧衣裳色澤總薰薰

李商隱

蓮後紅何患梅先白莫誇纔飛建章火又落赤
城霞不卷錦步障未登油壁車日西相對罷休
澣向天涯
西北朝天路登臨思上才城閑煙草遍村暗雨
雲回人豈無端別猿應有意哀征南予更遠吟
斷望鄉臺

敬和吏部韋郎中庭前朱槿之作

宋之問

日給當軒輪滿星郎伏奏旋猶紆起草思更有落花篇氣與香衣雜光侵畫壁然徒聞賦君子無以和神仙

秋槿　白居易

風露颯已冷天色亦黄昏中庭有槿花榮落同一晨秋開已寂寞夕殞何紛紛正憐少顏色復歎不逡巡感此因念彼懷哉聊一陳男兒老富貴女子晚婚姻頭白始得志色衰方事人後時

不獲已安得如青春

木槿花　劉庭琦

物情良可見人事不勝悲莫恃朝榮好君看暮

落時

玩槿花　羊士諤

何乃詩人興研詞屬蕣華風流感異代窈窕比

同車凝艷垂清露驚秋隔絳紗蟬鳴復蟲思惆

悵竹陰斜

戎昱

自用金錢買槿栽二年方始得花開鮮紅未許

佳人見蝴蝶爭知早到來

王蕣花

薛濤

瓊枝玓瓅露珊珊欲折如披雲彩寒閒拂朱房

何所似緣山偏映日輪殘

鷄冠花

羅鄴

一枝濃艶對秋光露滴風揺倚砌傍曉景乍看

何處似謝家新染紫羅裳

金燈花　　薛濤

欄邊不見蘘蘘葉砌下惟翻艷艷叢細視欲將

何物比晚霞初疊赤城宮

盧溵

蹀莖秋擢翠幽艷夕添紅有月長燈在無煙燼

火同香濃初受露勢庳不知風應笑金臺上先

隨曉漏終

芙蓉

温庭筠

刺䕺滮蕩緑花片參差紅吳歌秋水冷湘廟夜雲空濃艷香露裏美人清鏡中南樓未歸客一夕練塘東

陸龜蒙

閑吟鮑昭賦更起屈平愁莫引西風動紅衣不耐秋

闕下芙蓉

包何

一人理國致昇平萬物呈祥助聖明天上河從

過江南花向殿前生慶雲垂蔭開難落湛
珠薌不傾更對樂懸張簨簴歌工欲奏採

芙蓉
王貞白
清曉鏡獨照玉容秋盡芰不相採斂蘋空
日斜還顧影風起強垂頭芳意羨何物雙
雙鸂鶒游

詠紅芙蓉上宋使君
貫休

擘水苞金紫艷濃乍觀疑在水仙宫難驅顔色
文章裏合出天人池館中芬馥静生朱檻膩動
摇微映鷺鷥紅臨川内史詩相似遥仰清吟灕
閣風

白芙蓉　　陸龜蒙

澹然相對却成勞月染風裁箇箇高似説玉皇
親謫墮至今猶著水霜袍

木芙蓉　　韓愈

新開寒露叢遠比水邊紅艷色寧相妬嘉名偶
自同採江秋節晚寒木古祠空須勸勤來看無
令便逐風

霍揔

本自江湖遠常聞霜露餘爭春候濃李得水異
紅蕖孤秀曾無偶當門幸不鉏唯能政摇落繁
綵照堦除

劉兼

素靈失律詐風流強把芳菲半載偷是葉萎蕤
霜照夜此花爛熳火燒秋謝蓮色淡爭堪重陶

菊香濃亦合羞誰道金風能肅物因何厚薄不
相倖

秋朝木芙蓉　李嘉祐

水面芙蓉秋已衰繁條倒是著花時平明露滴
垂紅臉似有朝開暮落悲

山路木芙蓉　崔櫓

不向横塘泥裏栽兩株晴笑碧嵓隈枉教絶世
深紅色只向深山僻處開萬里王孫應有恨三

年賈傅惜無才緑花更歎人間事半日江邊悵
望迴

湘岸移木芙蓉植龍興精舍

柳宗元　一

有美不自蔽安能守孤根盈盈湘西岸秋至風
露繁麗影別寒水穠芳委前軒芰荷諒難雜反
此生高原

菊

陳叔達

霜間開紫蔕露下發金英但令逢採摘寧辭獨

晚榮

李嶠

玉律三秋暮金精九日開榮舒洛媛浦香泛野人杯靃靡寒潭側丰茸曉岸隈黄花今日晚無復白衣來

元稹

秋叢遶舍似陶家遍遶籬邊日漸斜不是花中偏愛菊此花開盡更無花

無可

東籬摇落後密艷被寒催夾雨驚新拆經霜忽

盡開野香盈客袖禁藥泛天杯不共春蘭並悠揚遠蝶來

李商隱

暗暗淡淡紫融融冶冶黄陶令籬邊色羅含宅裏香幾時禁重露實是怯殘陽願泛金鸚鵡昇君白玉堂

唐彦謙

雪蘂金英兩斷腸蝶翎蜂鼻帶清香寒村宿霧臨幽徑廢苑斜暉傍短墻近取松筠爲伴侶遠將桃李作參商年來病肺疎杯酒每憶龍山似

故鄉

李山甫

籬下霜前偶得存忍教遲晚避蘭蓀也銷造化
無多力未受陽和一點恩栽處不容依玉砌要
時還許上金罇陶潛歿後誰知己露滴幽叢見
淚痕

鄭谷

王孫莫把比荆蒿九日枝枝近鬢毛露濕秋香
滿池岸由來不羨瓦松高

羅隱

籬落歲云暮數枝聊自芳雪裁纖蘂密金拆小
苞香千載白衣酒一生青女霜春叢莫輕薄彼
此有行藏

秋菊　駱賓王

擢秀三秋晚開芳十步中分黄俱笑日含翠共
摇風碎影和流動浮香隱岸通金翹徒可泛玉
斝[redacted]誰同

詠新菊　姚合

黄金色未足摘取且嘗新若待重陽日何曾異
衆人

浣花亭陪川主王播相公暨寮同賦早菊

薛濤

西陸行終令東籬始再陽緑英初濯露金蘂半
含霜自有兼材用那同衆草芳獻酬樽俎外寧
有懼豺狼

晚菊

韓愈

少年飲酒時踊躍見菊花今來不復飲每見恒

浴嗟佇立摘滿手行行把歸家此時無與語棄
置奈悲何

庭際晚菊上主人　齊己

九月將欲盡幽叢始綻芳都緣含正氣不是背
重陽採去蜂聲遠尋來蝶路長王孫歸未晚猶
尋泛金觴

詠郎中席寒菊　朱灣

衆芳春競發寒菊暮偏滋受氣應非異開花獨

自遲晚成猶有分欲採未過時忍棄東籬下看

隨秋草衰

賦得殘菊

太宗

堦蘭凝曙霜岸菊照晨光露濃晞晚笑風勁淺

殘香細葉彫輕翠圓花飛碎黄還將今歲色復

結後年芳

萬年厲員外宅殘菊

顧非熊

纔過重陽後人心已爲殘近霜須苦惜帶蝶更

宜看色減頻經雨香銷恐漸寒今朝臨令宅不
醉却應難
十日菊
鄭谷
節去蜂愁蝶不知曉庭還繞折殘枝自緣今日
人心別未必秋香一夜衰
薛瑩
昨日樽前折萬人酣曉香今朝籬下見蒲地委
殘陽得笑片時痛榮枯一歲傷未將同腐草猶
更有重霜

野菊　王建

晚艷出荒籬冷香着秋水憶向山中見伴蛩石

壁裏　李商隱

苦竹園南椒塢邊微香冉冉淚涓涓已悲節物

同寒鴈忍委芳心與暮蟬細路獨來當此夕清

罇相伴省他年紫雲新苑移花處不取霜栽近

御筵

村路菊花

崔櫓

裊風驚未定溪影晚來寒不得重陽節虛將滿把看神仙誰採掇烟雨惜彫殘牧豎樵童看應交愛爾難

白菊　張蠙

秋天木葉乾猶有白花殘舉世稀栽得豪家却晝看片苔相應綠諸卉獨宜寒幾度攜佳客登高欲折難

許棠

所尚雪霜姿非關落帽期香飄風外別影到月
中疑發在林凋後繁當露冷時人間稀有此自
古乃無詩

司空圖

人間萬恨已難平栽得垂楊更繫情猶喜閏前
霜未下菊邊依舊舞身輕
莫惜西風又起來猶能婀娜傍池臺不辝暫被
霜寒挫舞袖招香即却回
爲報繁霜且莫催窮秋須到自低摧橫拖長袖
招人別只待春風却舞來

不疑陶令是狂生作賦其如有定情猶勝江南
隱居士詩魔終䌸負孤名
自古詩人少顯榮逃名何用更題名詩中有慮
猶須戒莫向詩中着不平
登高可羡少年場白菊堆邊鬢似霜不筭更希
沾上藥今朝第七十重陽

羅弘信

雖被風霜競欲催皎然顏色不低摧已疑素手
能粧出又似金錢未染來香散自宜飄淥酒葉
交仍得蔭蒼苔尋思閉户中宵見應認寒牕雪

一堆

幽居有白菊一叢因而成詠呈一二知已

陸龜蒙

還是延年一種材即將瑤朶冒霜開不知紅艷

臨歌扇欲伴黄英入酒盃陶令接籬堪岸著梁

王高屋好欹來月中若有閑田地爲勸嫦娥作

意栽

奉和

張賁

雪彩氷姿號女華寄身多是地仙家有時𦗾國

和霜立幾處東籬伴月斜謝客瓊枝空貯恨袁
郎金鈿不成奇自知終古清香在更出梅粧弄
晚霞

皮日休

已過重陽半月天琅華千點照寒煙蘂香亦似
浮金靨花樣還如鏤玉錢玩影馮妃堪比艷鍊
形蕭史好爭妍無由摘向牙箱裏飛上方諸贈
列仙

鄭璧

白艷輕明帶露痕始知佳色重難群終朝凝笑

梁王雪盡日慵飛蜀帝雲藏雨似糊瑤渚浪鳫
風疑卷玉綃紋瓊妃若會寬裁剪堪作蟾宫夜
舞裙

司馬都

耻共金英一例開素芳須待早霜催遶籬看見
成瑤圃泛酒初迷傍玉盃映水好將蘋作伴犯
寒疑與雪爲媒夫君每尚風流事應爲徐妃致
此栽

重陽席上賦白菊

白居易

滿園花菊鬱金黄中有孤叢色似霜還似今朝
歌酒席白頭翁入少年場

和汴州令狐相公白菊

楊巨源

兎園春欲盡别有一叢芳直似窮隂雪全輕向
曉霜凝暉侵桂魄晶彩奪螢光素蕚迎風舞銀
房泫露香水晶簾不隔雲母扇韜鋩純袖呈瑶
瑟氷容啓玉堂今來碧油下知自白雲鄉留此
非吾土須移鳳沼傍

和馬郎中移白菊見示

李商隱

陶詩只採黄金實郢曲新傳白雪英素色不同

籬下發繁花疑自月中生浮杯小摘開雲母帶

露全移綴水精偏稱含香五字客從兹得地始

芳榮

憶白菊

陸龜蒙

稚子書傳白菊開西城相滯未容迴月明階下

窻紗薄多少清香透入來

重憶白菊

我憐貞白重寒芳前後叢生夾小堂月朵暮開無絕艷風莖時動有奇香何慙謝雪清才詠不羡劉梅貴主糚更憶幽窻凝一夢夜來村落有微霜

和吳子華侍郎令狐昭化舍人歎白菊衰謝之絕次用本韻

韓偓

正憐香雪披千片忽訝殘霞覆一叢還似妖姬長年後酒酣雙臉却微紅

白菊雜書四首

司空圖

黄昏寒立更披襟露浥清香悦道心却笑誰家

扃繡户正熏龍麝暖鴛衾

四面雲屏一帶天是非斷得自翛然此生只是

償詩債白菊開時最不眠

狂才不足自英雄僕妾驅令學販春侯印幾人

封萬户儂家只辨買孤峯

黄鸝囀處誰同聽白菊開時且剩過漫道南朝

足流品由來叔寶不宜多

歎庭前甘菊花

杜甫

簷前甘菊移時晚青蘂重陽不堪摘明日蕭條盡醉醒殘花爛熳開何益籬邊野外多衆芳采擷細瑣升中堂念茲空長大枝葉結根失所纏風霜

寄友人乞菊栽

李郢

蘂爛經雨正堪鋤白菊煩君乞數株潘岳賦中芳思在陶潛籬下綠英無移來稍及蟬鳴樹種罷長教酒滿壺[redacted]子成仙縱難學九秋思看集

鳩鷀

恩門小諫雨中乞菊花栽

鄭谷

揠蘭將蘜歲栽菊伴吟詩老去慵趨世朝迴獨

繞籬遮香風細細澆緑水瀰瀰秖共山僧賞何

當國士移孤根深有托微雨正相宜更待金英

發憑君插一枝

採菊

李建勳

簇簇竟相鮮一枝開幾番味甘資麴蘖香好勝

蘭蓀古道風揺遠荒籬露壓繁盈筐時採得服餌近知門

折菊　　杜牧

籬東菊徑深折得自孤吟雨中衣半濕擁鼻自知心

暮秋與裴居晦宴因見採菊花之作　　鮑溶

菊花低色過重陽似憶王孫白玉觴今日王孫好收採髙天已下兩迴霜

對菊　賈島

九日不出門十日見黄菊灼灼尚繁英美人無消息

齊己

蝶醉蜂狂半折時冷煙清露墜離披欲傾琥珀盃浮爾好把茱萸朶配伊孔雀毛衣應者是鳳凰金翠更無之何因栽向僧園裏門外重陽過不知

華下對菊

司空圖

清香裛露對高齋泛酒偏能浣旅懷不似春風

逞紅艷鏡前空墜玉人釵

和張尹憶東籬菊　　李端

傳書報劉尹何事憶陶家若爲籬邊菊山中有

此花

和錢員外早冬翫禁中新菊

白居易

禁署寒氣遲孟冬菊初拆新黄間繁緑爛若金

照碧仙郎小隱日心似陶彭澤秋憐潭上看日
慣籬邊摘今來此地賞野意潛自適金馬門内
花玉山峯下客寒芳引清句吟翫煙景夕賜酒
色偏宜握蘭香不敵淒淒百卉死歲晚水霜積
惟有此花開殷勤助君惜

酬皇甫郎中對新菊花見憶

愛菊高人吟逸韻悲秋病客感衰懷黄花助興
方攜酒紅葉添愁正滿階居士葷腥今已斷仙
郎杯杓爲誰排愧君相憶東籬下擬廢重陽一
日齋

東園翫菊

少年昨已去芳歲今又闌如何寂寞意復此荒
涼園園中獨立久日淡風露寒秋蔬盡蕪没好
樹亦凋殘惟有數叢菊新開籬落間攜觴聊就
酌爲爾一留連憶我少小日易爲興所牽見酒
無時節未飲已欣然近從年長來漸覺取樂難
常恐更衰老強飲亦無歡顧謂爾菊花後時何
獨鮮誠知不爲我借爾暫開顏

將赴湖州留題亭菊

杜牧

陶菊手自種楚蘭心有期遥知渡江日正是擷芳時

劉員外寄移菊

李山甫

秋來緣樹復緣墻怕共平蕪一例荒顏色不能隨地變風流惟解逐人香煙含細葉交加碧露拆寒英次第黄深謝栽培與知賞但慙終歲待重陽

軍事院霜菊盛開因書一絶寄上諫議

皮日休

金華千點曉霜凝獨對壷觴又不能已過重陽
三十日至今猶自待王弘
奉詶霜菊見贈之什
崔璞
菊花開晚過秋風聞道芳香正蒲叢爭奈病夫
難強飲應須速自召車公
奉和諌議詶先輩霜菊
陸龜蒙
紫莖芳艷照西風秖怕霜華掠斷叢雖伴應劉
還強醉路人終要識山公

庭前菊　韋莊

爲憶長安爛熳開我今移爾蒲庭栽紅蘭莫笑

青青色曾向龍山泛酒來

題合歡　李頎

開花復卷葉艷眼又驚心蝶逺西枝露風披東

幹陰黄衫漂細蘂時拂女郎砧

夜合　元稹

綺樹蒲朝陽融融有露光雨多疑濯錦風散似分雉葉客煙蒙火枝低繡拂墻更憐當暑見留詠日偏長

對晚開夜合花贈皇甫郎中　白居易

移晚校一月花遲過半年紅開杪秋日翠合欲昏天白露滴不死凉風吹更鮮後時誰肯顧惟我與君憐

草木蟲魚類卷第五

草木蟲魚類卷第六　趙孟奎分門纂類唐歌詩九十四

花六

蓼花　紅蕉

菱　蘆花

紅荊　鮮花

題雜花

草

草　春草

芳草　庭草

江邊草　路傍草
除草　蓬
茅　莎
蒲　菖蒲
芭蕉　萍
苔　春苔
秋苔　苔蘚
蘆　葦
蒹葭　雜題
花六

蓼花　　鄭谷

簇簇復悠悠年年拂漫流差池伴黄菊冷淡過清秋晚帶鳴蟲急寒藏宿鷺愁故溪歸不得憑仗繫漁舟

紅蕉　　柳宗元

晚英值窮節緑潤含朱光以兹正陽色窈窕凌清霜遠物世所重旅人心獨傷迴暉眺林際戚戚無遺芳

徐凝

紅蕉曾到嶺南看校小芭蕉幾一般差是斜刀

剪紅綃卷來開去葉中安

紅花

李中

紅花顏色掩千花任是猩猩血未加染出輕羅

莫相貴古人崇儉誡奢華

送人紅花栽

劉昭禹

世上紅蕉異因移萬里根艱難離瘴土瀟洒入

朱門萬戰青雲韻花零宿露痕長安多未識誰
想動吟魂

菱　　李嶠

鉅野韶光暮東平春溜通影揺江浦月香引棹
歌風日色翻池上潭花發鑑中五湖多賞樂千
里望難窮

看採菱　　白居易

菱池如鏡淨無波白點花稀青角多時唱一聲

新水調謾人道是採菱歌

蘆花　　　雍裕之

夾岸復連沙枝枝摇浪花月明渾似雪無處認

漁家

　　　羅鄴

如練如霜乾復輕西風處處拂江城長垂釣叟

看不足暫泊王孫愁亦生好傍翠樓裝月色枉

隨紅葉舞秋聲最宜群鷺斜陽裏閑捕纖鱗傍

爾行

蘆花動

耿湋

連素穗翻秋氣細節踈莖任長吹共作月中聲

孤舟發鄉思

紅荊

元稹

庭中栽得紅荊樹十月花開不待春直到孩提

盡驚怍一家同是北來人

鮮花

文丙

寂寞人偏重無心愧牡丹秋風湢不得流水泛
應難恠石從教徧幽庭一任盤若逢公子顧重
疊是朱欄

雜題

石蓮花　　司空曙

今逢石上生本自波中有紅艷秋風裏誰憐衆
芳後

臨洮龍興寺玄上人院同詠青木香叢

岑參

移根自遠方種得在僧房六月花新吐三春葉已長抽莖高錫杖引影到繩床只爲能除疾傾心向藥王

優鉢羅花歌 并序

岑參

參嘗讀佛經聞有優鉢羅花目所未見天寶景申歲參忝大理評事攝監察御史領伊西北庭度支副使自公多暇乃於府庭内栽樹種藥爲山鑿池婆娑乎其間足以寄傲交河小吏

有獻此花者去得之於天山之南其
狀異於衆草勢巃嵸如冠弁嶷然上
聳生不傍引攢花中拼駢葉外包異
香騰風秀色媚景因賞而歎曰爾不
生於中土僻在遐裔使牡丹價重芙
蓉譽高惜哉夫天地無私陰陽無偏
各遂其生自物厥性豈以偏地而不
生乎豈以無人而不芳乎適此花不
遭小吏終委諸山谷亦何異懷才之
士未會明主擯於林藪耶因感而爲

歌歌曰

白山南赤山北其間有花人不識緑莖碧葉好

顏色葉六瓣花九房夜掩朝開多異香何不生

彼中國兮生西方移根在庭媚我公堂恥與衆

草之爲伍何亭亭而獨芳何不爲人之所賞兮

深山窮谷委嚴霜吾竊悲陽關道路長曾不得

獻于君王

庭前晚花開

李白

西王母桃種我家三千陽春始一花結實苦遲

爲人笑攀折唧唧長咨嗟

早花　杜甫

西京安穩未不見一人來臘月巴江曲山花已自開盈盈當雪杏艷艷待春梅直若風塵暗誰憂客鬢催

花底

紫蕚扶千蘂黄鬚照萬花忽疑行暮雨何事入朝霞恐是潘安縣堪留衛玠車深知好顔色莫作委泥沙

夏花明

韋應物

夏條緑已密朱蕚綴明鮮炎炎日正午灼灼火俱燃翻風適自亂照水復成妍歸視窗間字熒煌滿眼前

夏中崔中丞宅見海紅揺落一花獨開

劉長卿

何事一花殘閑庭百草闌緑滋經雨發紅艷隔林看竟日餘香在過時獨秀難共憐芳意晚秋露未漙團

贈陳判官求子花詩 魏府出此物

楊巨源

油地輕綃碧且紅須憐纖手是良工能生麗思

千花外善點穠姿五彩中子細傳看臨霽景殷

勤特贈及春風若將江上迎桃葉一帖何妨錦

繡同

都城從事蕭貟外寄梅梨花詩盡綺麗惠然

遠及　　　羊士諤

珠履行臺擁附蟬外郎高步似神仙陳詩今見

唐風盛從事遥贍衛國賢擲地好詞凌彩筆浣
花春水膩魚牋東山芳意須同賞海實囊盛幾
日傳

風折花枝　　韓愈

浮艷侵天難就看清香撲地可遥聞春風也是
多情思故揀繁枝折贈君

別自栽小樹　　王建

去年今日栽臨去見花開好住守空院夜間人

不來

採松花　姚合

擬服松花無處學嵩陽道士忽相教今朝試上
高枝採不覺傾翻仙鶴巢

花栽二首　元稹

買得山花一兩栽離鄉別土易摧隤欲知北客
居南意看取南花北地來
南花北地種應難且向船中盡日看縱使將來

眼前死猶勝拋擲在空欄

種木槲花　柳宗元

上苑年年占物華飄零今日在天涯秖應長作

龍城守剩種庭前木槲花

山枇杷　白居易

深山老去惜年華况對東谿野枇杷火樹風來

翻絳艷瓊枝日出曬紅紗迴看桃李都無色映

得芙蓉不是花争奈結根深石底無因移得到

人家

紫陽花

何年植向仙壇上早晚移栽到梵家雖在人間

人不識與君名作紫陽花

翫迎春花贈楊郎中

金英翠蕚帶春寒黃色花中有幾般憑君與向

遊人道莫作蔓菁花眼看

代迎春花招劉郎中

幸與松筠相近栽不隨桃李一時開杏園豈敢

妨君去未有花時且看來

木蓮樹生巴峽山谷間巴民亦呼爲黄心樹大者高五丈涉冬不凋身如青楊有白文葉如桂厚大無脊花如蓮香色豔膩皆同獨房蘂有異四月初始開自開迨謝僅二十日忠州西北十里有鳴玉谿生者穠茂尤異元和十四年夏命道士毋丘元志寫惜其遐僻因題三絶句云

如折芙蓉栽旱地似抛芍藥挂高枝雲埋水隔無人識惟有南賓太守[redacted]

紅似臙脂膩如粉傷心好物不須臾山中風起

無時節明日重來得在無

巳愁花落荒巖底復[redacted]根生亂石間幾度欲移

移不得天教抛擲在深山

東坡種花二首

持錢買花樹城東坡上栽但購有花者不限桃

李梅百果參雜種千枝次第開天時有早晚地

力無高低紅者霞豔豔白者雪皚皚遊蜂遂不

去好鳥亦來棲前有長流水下有小平臺時拂

臺上石一舉風前盃花枝蔭我頭花蘂落我懷

獨酌復獨詠不覺月平西巴俗不愛花竟春無

人來惟此醉太守盡日不能迴
東坡春向暮樹木今何如漠漠花落盡翳翳葉
生初每日領僮僕荷鋤仍决渠剗土壅其本引
泉溉其枯小樹低數尺大樹長丈餘封植來幾
時高下齊扶踈養樹既如此養民亦何殊將欲
茂枝葉必先救根株云何救根株勸農均賦租
云何茂枝葉省事寛刑書移此爲郡政庶幾甿
俗蘇

別種東坡花樹兩絶

二年留滯在江城草樹禽魚盡有情何處殷勤

重迴首東坡桃李種新成

花林好住莫顦顇春至但知依舊春樓上明年新太守不妨還是愛花人

種桃杏

無論海角與天涯大抵心安即是家路遠誰能念鄉曲年深兼欲忘京華忠州且作三年計種杏栽桃擬待花

別萱桂

使君竟不住萱桂徒栽種桂有留人名萱無忘憂用不如江畔月步步來相送

除蘇州刺史別洛城東花

亂雪千花落新絲兩鬢生老除吴郡守春別洛陽城江上今重去城東更一行別花何用伴勸酒有殘鶯

酬辛員外折花見遺　薛濤

青鳥東飛正落梅銜花滿口下瑤臺一枝為授殷勤意把向風前旋旋開

種花　朱慶餘

憶昔兩京官道上可憐桃李晝陰垂不知誰作

廵花使空記玄宗遺種時

晚春花

項斯

陰洞日光薄花開不及時當春無半樹經燒足

空枝踈與香風會細將泉影移此中人到少開

盡幾人知

長安花

聶夷中

種花滿西園花發青樓道花下一禾生去之爲

惡草

見袁德師侍御說江南有仙壇花因以戲贈

鮑溶

記說天壇花耐涼笑風含露對春光欲求御史更分別何似[redacted]花歲歲香

剪綵花

雍裕之

敢競桃李色自是刀尺功蝶猶迷剪翠人豈辨栽紅

不美花

劉商

惆悵朝陽午及斜剩栽桃李學仙家花開花落人如舊誰道容顔不及花

江雨望花　盧中

細雨𤃩江春水漲好風留客野梅香避秦不是無歸意一度逢花一斷腸

高花　李商隱

花將人共笑籬外露繁枝宋玉臨江宅牆低不

擬窺

贈子直花下

池光忽隱墻花氣亂侵房屏緣蝶留粉牕油蜂印黄官書推小吏侍史從清郎並馬更吟去尋思有底忙

花下醉

尋芳不覺醉流霞倚樹沉眠日已斜客散酒醒深夜後更持紅燭賞殘花

即日

一歲林花即日休江間亭下悵淹留重吟細把

真無柰已落猶開未放愁山色正來銜小苑春
陰只欲傍高樓金鞍忽散銀壺滴更醉誰家白
玉鈎

庭前　　陸龜蒙

合歡能解恚萱草信忘憂盡向庭前種萋萋特
地愁

小園桃李始花偶以成詠　　王周

桃李栽成艷格新數枝留得小園春半紅半白

無風雨隨分夭容解笑人

草　　　吳融

滐亦不可成畫亦不可得萇弘未死時應無此

顔色

春草　　　曹松

不獨滿池塘夢中佳句香春風有餘力引上古

城牆　　　齊己

處處碧萋萋平原帶日西堪隨游子路遠入鷓
鴣啼金谷園應没夫差國已迷欲尋蘭蕙徑荒
穢滿汀畦

曲江春早

鄭谷

花落江堤簇暖煙雨餘[redacted]色遠相連香輪莫輾
青青破留與愁人一醉眠

龍池春草

李洞

龍池清禁裏芳草傍池春旋長方遮岸全生不

滌塵和風輕動色湛露靜流津淺得承天步深
疑遠御輪魚尋倒影没花帶濕光新肯學長河
畔綿綿思遠人

春草謡

顧況

春草不解行隨人上東城正月二月色綿綿千
里萬里傷人情

春草歌

莊南傑

漠漠緜緜幾多思無言領得春風意花裁小錦

繡晴空葉抽碧簟鋪平地含芳弔影爭芬敷遠
雲恨起山蘼蕪離人不忍到此處淚蛾滴盡雙
眞珠

芳草

孫魴

何處不相見煙苗捧露心萋萋綠遠水苒苒在
空林野吹閑搖闊遊人醉卧深南朝古城裏碑
石又應沉

扈載

幽芳無處無幽處恨何如倦客傷歸思春風滿

舊居晚烟迷杳靄朝露健扶疎省傍靈光看殘陽少皡區

羅鄴

廢苑墻南殘雨中似袍顔色正䝉茸徵香暗惹遊人步遠緑纔分鬪雉蹤三楚渡頭長恨見五侯門外却難逢年年縱有春風便馬跡車輪一萬重

曲江岸上天街裏兩地縱生車馬多不似萋萋南浦見晚來煙雨半相和

李中

二月正綿綿離情被爾牽四郊初過雨萬里正
鋪煙眷戀殘花惹留連醉客眠飄香是杜若最
憶楚江邊

僧虚中

綿綿芳興緑何處動深思金谷人亡後沙場日
暖時麟龍藏有瑞風雨灑無私欲採蘭蕙清
香可贈誰

庭草

杜甫

楚草經寒碧庭春入眼濃舊低收葉舉新掩捲

牙重步履宜輕過開筵得屢供看花隨節序不

敢強爲容

曹鄴

庭草根自淺造化無遺功低回一寸心不敢怨

春風

賦得江邊草

李中

岸春芳意合幾處思纏綿向暮江蘺雨初晴杜

若煙靜宜幽鷺立遠稱碧波連送別王孫處萋

萋南浦邊

路傍草

徐寅

楚甸秦原萬里平誰教根向路傍生輕蹄繡轂長相蹋合是榮時不得榮

于鄴

春至始青青香車碾已平不知山下處來遶路傍生每歲有人在何時無馬行應隨塵與土吹滿洛陽城

除草

杜甫

唐彥謙

移從杜城曲置在小齋東正是高秋裏仍兼細雨中結根防迸竹踈蔭託高桐冉冉齊芳草飄飄笑斷蓬片時留靜者一夜響鳴蛩野露經霄滴溪煙盡日濛試才卑庾薤求味笑周菘只此霜栽好他時贈伯翁

青青水中蒲

韓愈

青青水中蒲下有一雙魚君今上隴去我在與誰居

青青水中蒲長在水中居寄語浮萍草相隨我

不如

青青水中蒲葉短不出水婦人不下堂行子在

萬里

魯東門觀刈蒲

李白

魯國寒事早初霜刈渚蒲揮鎌若轉月拂水生

迋珠此草最可珍何必貴龍鬚織作玉牀席欣

承清夜娱羅衣能再拂不畏素塵蕪

種蒲

陸龜蒙

杜若溪邊手自移旋抽煙劒碧參差何時織得

孤帆去懸向秋風訪所思

寄菖蒲

張籍

石上生菖蒲一寸十二節仙人勸我食令我頭

青面如雪逢人寄君一縫囊書中不得傳此方

君能來作栖霞侶與君同入丹玄鄉

芭蕉

路延德

一種靈苗異天然體性虚葉如斜界紙心似倒

抽書

未展芭蕉 錢珝

冷燭無煙緑蠟乾芳心猶卷怯春寒一緘書札

藏何事會被東風暗拆看

萍 李嶠

二月虹初見三春蟻正浮青蘋含吹轉紫葉帶

波流屢逐明神薦常隨旅客遊既能甜似蜜還

繞楚王舟

皮日休

嫩似金脂颺似煙多情渾欲擁紅蓮明朝擬附

南風信寄與湘妃作翠鈿

陸龜蒙

晚來風約半池明重疊侵沙緑罽成不用臨池

重相笑最無根蔕是浮名

苔

李咸用

幾年風雨跡疊在石孱顏生處景長靜着來情

儘閑吟亭侵壞壁藥院掩空關每憶東行徑移
笻獨自還

苔錢

鄭谷

春紅秋紫繞池臺箇箇圓如濟世財雨後無端
滿窮巷買花不得買愁來

春苔

孫魴

底物最牽吟秋苔獨自尋何時連夜雨疊翠滿
松陰湘岸荒祠靜吳宫古砌深侯門還可惜長

被馬蹄侵

齊己

獨憐蒼蘚文長與寂寥存鶴静窺秋片僧閑踏
冷痕月明疎竹徑雨歇敗莎根別有深宫裏兼
花鎖斷䰟

同舍弟佶班韋二員外秋苔對之成詠

包何

每看苔鮮色如向簿書閑幽思纏芳樹高情寄
遠山雨痕連地緑日映出林斑却美興公賦臨
危滑石閒

苔蘚

貫休

嚴子釣臺邊不少謝公山屐上無多世間若也皆廉潔金玉生根柰爾何

小蘆

王貞白

高致想江湖當庭植小蘆清風時自至綠竹興何殊嫩喜日高薄踈憂雨點麤驚蛙跳得過鬪雀裊無餘未識笆籬護幾擡節竹扶惹煙輕弱柳蘸水軟青蒲漑灌情偏重琴尊賞不孤穿花

思釣叟吹葉小羌雛寒色暮天映秋聲遠籟俱
朗吟應有趣瀟灑十餘株

出關宿盤豆館對叢蘆有感

李商隱

蘆葉梢梢夏景深郵亭暫欲灑塵襟昔年曾是
江南客此日初爲關外心思子臺邊風自急玉
娘湖上月應沉清聲不遠行人去一世荒城伴
夜砧

庭葦

李中

品格清於竹詩家景最幽從栽向池沼長似在
汀洲玩好招溪叟棲堪待野鷗影疎當夕照花
亂正深秋韻細堪清耳根牢好繫舟故溪高岸
上吟淡有誰遊

叢葦　　張蠙

叢叢寒水邊曾折打魚船忽與亭臺近翻嫌島
嶼偏花明無月夜聲急正秋天遥憶巴陵渡殘
陽一望煙

種葦

姚合

欲種數莖葦出門來往頻近陂收本上選地問
幽人靜看惟思長初移未覺勻坐中尋竹客將
去更逡巡

蒹葭

杜甫

摧折不自守秋風吹若何暫時花戴雪墮處葉
沉波體弱春苗早叢長夜露多江湖後搖落亦
恐歲蹉跎

凡草誠

蘇拯

野草凢木凢亦應生和出鋤夫耘藥欄根不留
其一良由本蕪穢著地成棄物人生行不脩何
門可容膝不惟不爾容得無凢草嫉賢愚偃仰
闇鑒之宜日日

傷靡草

羅陶

靡草似客心年年亦傷死無由伴花落暫得因
風起

見野草中有名曰白頭翁者

李白

醉入田家去行歌荒野中如何青草裏亦有白
頭翁折取對明鏡宛將衰鬢同微芳似相誚流
恨向東風

流夜郎題葵葉

慙君能衛足歎我遠移根白日如分照還歸守
故園

金盤草詩

王周

今春從南陵得草名金盤金盤有仁性生在林

一端根節歲一節食之甘而酸風俗競採掇俾人防急難巴中虵虺毒解之如走丸巨葉展六出軟幹分長竿搖搖綠玉活裊裊香荷寒世去暑酷月鬱有神物着天之産於此意欲生民安全之為政者何不反此觀知彼苛且猛慎勿虐而殘一物苟失所萬金惟可歎莫並蒿與萊豈羡芝及蘭勤渠護根本栽植當庭欄寄言好生者休說神仙丹

冬日見牧牛人擔青草歸

張説

塞上綿應折江南草可結欲持梅嶺花遠競榆關雪日月無他照山川何頓別苟齊兩地心天問將何設

草木蟲魚類卷第六

草木蟲魚類卷第七　趙孟奎　分門纂類

唐歌詩九十五

木一

松　孤松

古松　老松

小松　偃松

賣松　買松

栽松　松聲

雜題　古栢

病栢　新栽栢

古杉　移杉

栽杉　檜

雙檜　矮檜

桂　孤桂

雙桂　小桂

紅桂　桂子

雜題

木一

松

李嶠

欝欝高巖表森森幽澗陲鶴棲君子樹風拂大夫枝百尺條陰合千年蓋影披歲寒終不改多節幸君知

無可

枝幹怪鱗皴煙梢出澗新屈盤高極目蒼翠遠驚人待鶴移陰過聽風落子頻青青寒木外自與九霄隣

陸肱

雪霜知勁質今古乞嘉名斷砌盤根遠踈林偃蓋清鶴栖何代色僧老四時聲欝欝心彌久煙

高萬井生

王叡

寒松聳拔倚蒼岑綠葉扶疎自結陰丁固夢時還有意秦皇封日豈無心常將正節栖孤鶴不遣高枝宿衆禽好是特凋群木後護霜凌雪翠踰深

盧士衡

雲外千尋好性靈伴杉陪栢事孤貞招呼暑氣終無分應和涼風別有聲細雨灑時花旋落道人飡處葉重生如逢郢匠垂搜採爲棟爲梁力

不輕

李山甫

地聳蒼龍勢抱雲天教青共衆材分孤標百尺雪中見長嘯一聲風裏聞桃李傍他眞是佞藤蘿攀爾亦非群平生相愛應相識誰道脩篁勝此君

翁承贊

倚淵臨溪自屈蟠雪花銷盡蘚花乾幽枝好折爲談柄入手方知有歲寒

廖匡圖

曾於西晉封中散又向東吴作大夫濃翠自知
千古在清聲誰道四時無枝柯偃後龍蛇老根
脚盤來爪距麤直待素秋摇落日始將凡木鬬
榮枯

　　脩睦

細韻颼颼入骨涼影兼巢鶴過高墻盤根一種
依平地自是梧桐不久長

　　成文幹

大夫名價古今聞盤屈孤貞更出群將謂嶺頭
閑得了夕陽猶挂數枝雲

山中松

張鼎

聳枝碧雲端根侵蘚壁盤幾經良匠顧猶作散材看雪積花開少風多子落乾空存後凋色歲晚出林巒

松樹

元稹

華山高幢幢上有高高松株株遥各各葉葉相重重槐樹夾道植枝葉俱冥蒙既無貞直幹復有胥掛蟲何不種松樹使之摇清風秦時已曾

種鱗顆種不供可憐孤松意不與槐樹同閑在
髙山頂樛盤虬與龍屈爲大厦棟庇廕侯與公
不肯作行儔𠈀在塵土中

和

白居易

亭亭山上松一一生朝陽森聳上參天柯條百
尺長漠漠塵中槐兩兩夾康莊婆娑低覆地枝
幹亦尋常八月白露降槐葉次第黃歲暮滿山
雪松色鬱青蒼彼如君子心秉操貫冰霜此如
小人面變態隨炎涼共知松勝槐誠欲栽道傍

糞土種瑶草瑶草終不芳尚可以斧斤伐之爲
棟梁殺身獲其所爲君構明堂不然終天年老
死在南崗不願亞枝葉低隨槐樹行

題左張松樹　　宋之問

歲晚東巖下周顧何悽惻日落西山陰衆草起
寒色中有喬松樹使我長歎息百尺無寸枝一
生自孤直

新秦郡松樹歌　　王維

青青山上松數里不見今更逢不見君心相憶
此心向君君應識爲君顏色高且閑亭亭迥出
浮雲間

孤松篇　　劉希夷

蠶月桑葉青鸎時柳花白澹艷煙雨滋敷芬陽
春陌如何秋風起零落從此始獨有南澗松不
歎東流水玄陰天地冥皓雪朝夜零豈不罹寒
暑爲君留青青好顏色落落任孤直群樹
遥相望衆草不敢逼靈龜卜眞隱仙鳥宜棲息

恥受秦帝封願言唐侯食寒山夜月明山冷氣
清清淒兮歸風集吹之作琴聲松子卧仙岑寂
聽凝野心清泠有真曲樵採無知音美人何時
來幽逕委綠苔吁嗟深澗底弃捐廣厦材

華山孤松

張蠙

石罅引根非土力冒寒猶助岳蓮光綠槐生在
膏腴地何得無心拒雪霜

冬日題興善寺崔律師院孤松

劉得仁

爲此踈名路頻來訪遠公孤標宜雪後每見憶山中静影生幽蘚寒聲入迥空何年植兹地曉夕動清風

孤松吟詶渾賛善

盧綸

深山荒松枝雪壓半離披朱門青松樹萬葉垂清露露重色逾鮮吟風似遠泉天寒香自發日麗影長圓陰郊一夜雪榆柳皆枯折迴首望君家翠蓋滿瓊花捧君青松曲自顧同衰木曲罷不相親深山頭白人

商山臨路有孤松往來斫以爲明好事者憐之編竹成援遂其生植感而賦詩

柳宗元

孤松停翠蓋託根臨廣路不以險自防遂爲明所誤幸逢仁惠重意此藩籬護猶有半心存時將承雨露

古松

齊已

雷電不敢伐鱗皴勢萬端蠹依枯節死蛇入朽根盤影浸僧禪濕聲吹鶴夢寒尋常風雨夜應

有鬼神看

題流溝寺古松

白居易

煙葉葱蘢蒼麈尾霜皮駮落紫龍鱗欲知松老

看塵壁死却題詩幾許人

和薛監察題興善寺古松

張喬

種在法王城年深有古名瘦根盤地遠香吹入

雲清鶴動池臺影僧禪雨雪聲看來人旋老因

此歎浮生

古松感興

皇甫松

皇天后地力使我向此生貴賤不我均若爲天地情我家世道德旨意匡文明家集四百卷獨立天地經寄言青松姿豈羨朱槿榮昭昭大化光共此遺芳馨

老松

孫魴

鬱鬱復蒼蒼秋風韻更長空心應有[redacted]老葉不知霜子落生深澗陰清背夕陽如逢東岱雨猶

得覆秦王

古寺老松

齊己

百歲禪師說先師指此松少年行道遶早見偃枝重月檻移孤影秋庭卓一峰終當因夜電拏攫便雲龍

古松歌

莊南傑

山上山下松森沈翠蓋煙中龜鱗犀甲鑠支體泉聲雨脚洗春風深碧麈尾掃冥濛淺黃龍腹

盤穹崇拏天攫地數千尺恐作雲雨歸維嵩歸
維嵩成大厦莫遣邂逅逢樵者

靈谿老松詞

盧士衡

靈谿古觀壇西角千尺鱗皴棟梁樸橫一枝枝
戛樓閣直一枝枝掃寥廓白石蒼苔擁根脚月
明風撼寒光落有時風雨暝擺撼若黑龍之騰
躍合生於象外峰巒枉滯乎人間山岳安得巨
靈擾請託拔向青桂榆邊着

小松

羅隱

已有清陰逼座隅愛聲仙客肯過無陵遷谷變
須高節莫向人間作大夫

齊已

發地纔過膝蟠根已有靈嚴霜百草白深院一
株青後夜蕭騷動空階蟋蟀聽誰於千歲外吟
遶老龍形

皮日休

婆娑只三尺移來白雲逕亭亭向空意已解凌
遼夐葉健似虬髯枝脆如鶴脛清音猶未成紺

彩空不定陰圓小芝蓋鱗澁脩荷柄先愁被鷃
搶頳恐遭蝸病結根幸得地且免離離映磥砢
不難遇在保晚成性一日造明堂為君當畢命

陸龜蒙

擢秀逋客巖遺根飛鳥逕因求飾清閟遂得辭
危負貞同栢有心至若珠無脛枝形短未怪鬣
數差難定況密三天風方遵四時柄那與培塿
嘆免荅鄰里病黴霜靜可分片月踈堪映竒當
虎頭筆韻叶通明性會排陽烏胷掄材膺帝命

小松歌

李咸用

幽人不喜凡草生秋鋤劚得寒青青庭閑土瘦根脚獰風搖雨拂精神醒短影月斜不滿尺清聲細入鳴蛩翼天人戲翦蒼龍鬚參差簇在瑶堦側金精水鬼欺不得長與東皇逞顏色勁節暫因君子移貞心不爲麻中直

五粒小松歌

李賀

前謝秀才杜雲卿命予作五粒小松歌予以選書多事不治曲辭經十日

聊道八句以當命意

蛇子蛇孫鱗蜿蜿新香幾粒洪崖飯緑波浸葉滿濃光細束龍鬚鉸刀翦主人壁上鋪州圖主人堂前多俗儒月明白露秋淚滴石筍溪雲肯寄書

題小松

張祜

何處斸雲煙新移此館前碧姿塵不染清影露長鮮聳地心纔直凌雲操未全可悲人自老何日是千年

李商隱

憐君孤秀植庭中細葉輕陰滿座風桃李盛時
雖寂寞雪霜多後始青葱一年幾變枯榮事百
尺方資柱石功爲謝西園車馬客定悲摇落盡
成空

張喬

松子落何年纖枝長水邊斵開深澗雪移出遠
林煙帶月棲幽鳥兼花灌冷泉微風動清韻閑
聽罷琴眠

題翰林東閣前小松

元稹

礜磈脩鱗亞霜侵簇翠黄惟餘入琴韻終待舜絃張

西齋小松

松樹短於我清風亦已多況乃枝上雪動摇微月波幽姿得閑地詎感歲蹉跎但恐厦終構藉君當柰何簇簇枝新黄纖纖欑素指柔荁漸依條短莎還半委清風日夜高淩雲竟何已千歲盤老龍脩鱗自茲始

書院二小松

李群玉

一雙幽色出凢塵數粒秋烟二尺鱗從此靜窻聞細韻琴聲長伴讀書人

馮氏書齋小松二首

王貞白

孤根生遠岳移植翠枝添自秉雪霜操任他蜂蝶嫌徽陰連逈竹清韻入踈簾從聳勢即堂碧時人看莫厭

得地已經歲清音晝夜聞根涵舊山土葉間近溪雲野鶴望長遠庭花笑不群須知揺落後衆

木始能分

題唐興寺小松　　杜荀鶴

雖小天然别難將衆木同侵僧半牕月向客滿襟風枝拂行苔鶴聲分呌砌蟲如今未堪看須是雪霜中

臺頭寺願上人院古松下有小松栽毫末新生與纖草不辨重其有凌雲干霄之志與趙八貟外裴十補闕同賦之　皇甫冉

細草亦全高秋毫乍堪比及至干霄日何人復
居此

再遊紫陽洞重題小松

盧士衡

仙家種此充朝食葉葉枝枝造化力去年見時
似鶴高今年蕭騷八九尺不同矮檜終委地定
向晴空倚天碧好期逸士続貞根昻枝點破秋
苔色尋思凡眼重花開寧知此木超塵埃秖是
十年五年間堪作大厦之宏材

和李用夫栽小松

項斯

移來未換葉已勝在空山靜對心標直遥吟境助閑影侵殘雪際聲透小牕間即聳凌空榦翛翛豈易攀

貢院樓北新栽小松

呉武陵

拂檻愛貞容移根自遠峰已從芳草没終不任苔封葉小初臨雪鱗生欲狀龍承春濯雨露得地近垣墉逐吹風微動含煙色漸濃時迴日月照爲謝小山松

題新栽小松　劉得仁

滿庭蕭颯皆凡木豈得颼飀似石溪雪後枝柯疑盡出月中長短共人齊未知何日干天及恐到秋來被鶴栖却向舊山尋得處白雲根發覓應迷

題吉水縣廳前新栽小松　李中

斸開幽澗蘚苔斑移得孤根植砌前影小未遮官舍月翠濃猶帶舊山煙群花解笑香寧久衆

木雖高節不堅輸我婆娑欄檻内晚風蕭颯學
幽泉

嚴鄭公堦下新松
　杜甫

弱質豈自負移根方爾瞻細聲聞玉帳踈翠近
珠簾未見紫煙集虚蒙清露霑何當一百丈欹
蓋擁高簷

遥同蔡起居偃松篇
　張説

清都衆木總榮紛傳道孤松最出群名接天庭

長光景氣連宫闕借氛氳懸池的的停華露偃
蓋重重拂瑞雲不惜流膏助仙鼎願將楨幹捧
明君莫比冥靈楚南樹朽老江間代不聞

蕭寺偃松

顧況

凄凄百卉病亭亭雙松過直上古寺深横拂秋
殿冷輕響入龜息片陰棲鶴頂山中多好樹可
憐無比並

廟庭偃松并序

劉禹錫

侍中後閣前有小松不待年而偃承
相晉公爲賦詩美其猶龍蛇然植于
高檐喬木間上嶔旁軋盤蹙傾亞似
不得天和者公以遂物性爲意乃加
憐焉命畚土以壯其趾使無攲索綯
以牽其榦使不仆盥漱之餘以潤之
顧眄之煇以照之發於仁心感召和
氣無復夭閼坐能敷舒嚮之跧蹙化
爲奇古故雖裦丈而有偃號焉予嘗
詣閣白事公爲道所以且示以詩切

感嘉木之逢時斐然成詠

勢軋枝偏根已危高情一見與扶持忽從顚穎有生意知爲離披無俗姿影入巖廊行樂處韻含天籟宿齋時謝公莫道東山待正取陰成滿鳳池

贈賣松者　白居易

一束蒼蒼色知從澗底來斸掘經幾日枝葉滿塵埃不買非他意城中無地栽

齊己

未得凌雲價何慚所負眞自知桃李世有愛歳寒人瑟瑟初離澗青青未識塵寧同買花者貴逐片時春

令和州買松

裴夷直

好覓凌霜質仍須帶雨栽須知剖竹日便是看松來

栽松

白居易

小松未盈尺心愛手自移蒼然澗底色雲濕烟

霏霏栽植我年晚長成君性遲如何過四十種
此數寸枝得見成陰否人生七十稀
愛君抱晚節憐君含直文欲得朝朝見堦前故
種君知君死則已不死會凌雲

劉得仁

翠色凛空庭披衣獨逓行取從山頂嶮栽得道
心生未弱幽泉韻焉論别木聲霜天殘月在轉
影入池清

新栽松

文丙

可憐同百草況負雪霜姿歌舞地不尚歲寒人
自移堦除添冷淡毫末入思惟盡道生雲洞誰
知路嶮巇

齊已

野僧教種法苒苒出蓬蒿百歲催人老千年待
爾高靜宜兼竹石幽合近猿猱他日成陰後秋
風吹海濤

荅友人新栽松

張碧

石門新長青龍鬚虬身宛轉雲光粘聞君愛我

幽崖前十株五株寒霜天越溪老僧頭削雪曾
去手植當庭月三十年來遮火雲涼風五月生
空門願君栽於清澗泉貞姿莫迋夭桃妍
易開還易落貞姿鬱鬱長依然山童獺上孤峰
巔當牕劃破屏風煙

訓賈鵬山人郡内新栽松寓興見贈

柳宗元

芳朽自爲别無心乃玄功夭夭日放花榮耀將
安窮青松遺澗底擢蒔兹庭中積雪表明秀寒
花助葱蘢幽貞夙有慕持以延清風

無能常閑閤偶以靜見名奇姿來遠山忽似人
家生勁色不改舊芳心與誰榮喧卑豈所安任
物非我情清韻動竽瑟諧此風中聲

翫手植松　施肩吾

却思毫末栽松處青翠纔將衆草分今日散材
遮不得看看氣色欲凌雲

松聲　白居易

月好好獨坐雙松在前軒西南微風來潛入枝

葉間蕭寥發爲聲半夜明月前寒山颯颯雨秋
琴泠泠絃一聞滌炎暑再聽破昏煩竟夕遂不
寐心體俱翛然南陌車馬動西隣歌吹繁誰知
茲簷下滿耳不爲喧

雜題

品松

孟郊

追悲謝靈運不得殊常封縱然孔與顏亦莫及
此松此松天格高聳異千萬重抓拏指古手擘
裂少室峰擘裂風雨獰抓拏指爪牖道入難抱

心學生易墮蹤時時數點仙娟娟一線龍霏微
嵐浪際遊戲顥輿濃品松徒高高雎鳴詎噰噰
賞異尚可貴賞潛誰能容名華非典實翦棄徒
纖茸刻削大雅文所以不敢傭

高松

李商隱

高松出衆木伴我向天涯客散初晴後僧來不
語時有風傳雅韻無雪試幽姿上藥終相待他
年訪伏龜

靈松歌

齊已

靈松靈松是何根株盤躃枝幹與群木殊世眼
爭知蒼翠容薜蘿遮處深朦朧先秋瑟瑟生谷
風青隂倒卓寒潭中八月天威行肅殺草木凋
零向霜雪惟有此松高下枝一枝枝在無摧折
凝凍頑冰如鐵堅重重鎖到槎牙顛老鱗枯節
相糺捉踉蹡立在青崖前有時深洞興雷雹飛
電繞身光閃爍乍似蒼龍驚起時攫霧拏雲欲
騰躍夜深山月照高枝疎影細落莓苔磯千年
朽枿魍魎出一株寒韻鏘琉璃安得良工妙圖

臒寫將偃蹇懸煙閣飛瀑聲中戰歲寒紅霞影
裏孽蕭索

乳毛松

鄭谷

松格一何高何人號乳毛霜天寓直夜媿爾伴
閑曹

遠松

王貞白

遠松遲材榦何由入棟梁歲寒虛勝竹功績不
如桑秋露滋枯子春雲長嫩黃雖蒙匠者顧樵

採日難防

衰松

孟郊

近世交道衰青松落顏色人心忌孤直木性隨

改易旣摧棲日榦未展擎天力終是君子材還

思君子識

題蘇仙宅枯松

李涉

幾年蒼翠在仙家一旦枝枯類海槎不如酸澁

棠梨樹却占高城獨放花

四松

杜甫

四松初移時大抵三尺强别來忽三歲離立如
人長會看根不拔莫計枝凋傷幽色幸秀發踈
柯亦昂藏所插小藩籬本亦有隄防終然振撥
損得愧千葉黄敢爲故林主黎庶猶未康避賊
今始歸春草滿空堂覽物歎衰謝及兹慰淒凉
清風爲我起灑面若微霜足以送老姿聊待偃
蓋張我生無根蔕配爾亦茫茫有情且賦詩事
迹兩可忘勿矜千載後慘澹蟠穹蒼

省中題新植雙松

裴夷直

端坐高宫起遠心雲高水闊共幽沉更堂寓直將誰語自種雙松伴夜吟

寄題盩厔廳前雙松

白居易

憶昨爲吏日折腰多苦辛歸家不自適無計慰心神手栽兩樹松聊以當嘉賓乘春日一往生意漸欣欣清韻度秋在緑茸隨日新始憐澗底色不憶城中春有時晝掩關雙影對一身盡日

不寂寞意中如三人忽奉宣室詔徵爲文苑臣
開來一惆悵長似別交親早知烟翠前攀翫不
逡巡悔從白雲裏移爾落躢塵

南軒松　李白

南軒有孤松柯葉自緜冪清風無閑時蕭灑終
夕日陰生古苔緑色滐秋煙碧何當凌雲霄直
上數千尺

和陸拾遺題諫院松　吳融

落落孤松何處尋月華西件結根深曉含仙掌

三清露晚上宮墻百雉陰野鶴不歸應有怨白

雲高去太無心碧巖秋澗休相望捧日元須在

禁林

鄭轂補闕山松　張蠙

心將積雪欺根與白雲離遠寄僧猶憶高看鶴

未知影交新長葉皴匝舊生枝多少同時種深

山不得移

澗松

崔塗

寸寸凌霜長勁條路人猶笑未干霄南園桃李
雖堪羨爭柰春殘又寂寥

題遺愛寺前溪松

白居易

偃亞長松樹侵臨小石溪静將流水對高共遠
峰齊翠蓋煙籠密花幢雪壓低與僧清影坐借
鶴穩枝栖筆寫形難似琴偷韻易迷暑天風槭
槭晴夜露凄凄獨㷀依爲舍閑行繞作蹊棟梁
君莫採留著伴幽棲

道傍松

熊皎

偃蓋當衢莫記年獨含蒼翠鶴應憐垂陰不向
笙歌地有韻自成風雨天塵[redacted]路岐分夜月燒
侵根脚起殘煙論功只合行人賞銷得煩蒸古
道邊

庭松

白居易

堂下何所有十松當我階亂立無行次高下亦
不齊高者三丈長下者十尺低有如野生物不

知何人栽接以青瓦屋承之白沙臺朝昏有風
月燥濕無塵泥疎韻秋槭槭凉陰夏凄凄春深
微雨夕滿葉珠蓑蓑歲暮大雪天壓枝玉皚皚
四時各有趣萬木非其儕去年買此宅多爲人
所咍一家二十口移轉就松來移來有何得但
得煩襟開即此是益友豈必交賢才顧我猶俗
士冠帶走塵埃未稱爲松主時時一愧懷

僧院松

曹松

此木韻彌全秋宵學瑟絃空知百餘尺未定幾

多年古甲磨雲折孤根捉地堅何當抛一榦作
葢道場前

薛侍御題興善寺松
許棠
何年斸到城滿國響高名半寺陰常匝隣坊景
亦清代多無巧勢風定有餘聲自得天然狀非
同澗底生

横水驛雙峰院松
趙嘏
故園溪上雪中別野館枕前雲外逢白髮漸多

何自苦清陰長在好相容迎風幾拂朝天騎帶
月猶含度嶺鐘更憶葛洪丹井畔數株臨水欲
成龍

詠南岳徑松　　狄煥

一陣雨聲歸岳嶠兩條寒色下瀟湘客吟晚景
停孤棹僧踏清陰徹上方

憑韋少府班覓松樹子栽　　杜甫

落落出群非欅柳青青不朽豈楊梅欲存老盡

千年意爲覔霜根數寸栽

風入松歌

皎然

西嶺松聲落日秋千枝萬葉風飀飀美人援琴

弄成曲寫得松間聲斷續聲斷續清我䰟流波

壞陵安足論美人夜坐月明裏含少商兮黙清

徵風何淒兮飄飋攪寒松兮又夜起夜未央曲

何長金徽更促聲泱泱何人此時不得意意若

絃悲聞客堂

古栢

李洞

手植知何代年齊偃蓋松結根生别樹吹子落
隣峰古幹經龍嗅高煙過鴈衝可佳繁葉盡聲
不礙秋鐘

古栢行

杜甫

孔明廟前有老栢柯如青銅根如石霜皮溜雨
四十圍黛色參天二千尺君臣已與時際會樹
木猶爲人愛惜雲來氣接巫峽長月出寒通雪
山白憶昨路繞錦亭東先主武侯同閟宫崔嵬

枝幹郊原古窈窕丹青户牖空落落盤踞雖得
地冥冥孤高多烈風扶特自是神明力正直元
因造化功大厦如傾要梁棟萬牛迴首丘山重
不露文章世已驚未辭翦伐誰能送苦心豈免
容螻蟻香葉終經宿鸞鳳志士幽人莫怨嗟古
來才大難爲用

武侯廟古栢

雍陶

密葉四時同一色高枝千歲對孤峰此中疑有
精靈在爲見盤根似卧龍

李商隱

蜀相階前栢龍蛇捧閟宫陰成外江畔老向惠
陵東大樹思馮異甘棠憶召公葉彫湘燕雨枝
折海鵬風玉壘經綸遠金刀歷數終誰將出師
表一爲問昭融

病栢

杜甫

有栢生崇岡童童狀車蓋偃蹙龍虎姿主當風
雲會神明依正直故老多再拜豈知千年根中
路顏色壞出非不得地蟠據亦高大歲寒忽無

憑日夜柯葉旼丹鳳領九雛哀鳴翔其外鶂鴉

志意滿養子穿穴内客從何鄉來竚立乆吁怪

静求元精理浩蕩難倚賴

蕭常侍癭栢亭歌

盧綸

栢之異者山中靈好人斷絶爲君亭雲翻浪卷

不可識鳥獸成形花倒植苺苔舊點色尚青霹

靂殘痕節猶黒金貂主人漢三老構此窮年下

朝早心規目製不暫疲匠者受詞無一詞清晨

拂匣蔆生鏡落日凭几欄星滿池攢巃嵷闘拱無斤

跡根瘦聯懸同素壁數層亂寫雲𡻕峰萬片爭
呈雪中石重簾不動自飄香似到瀛洲白玉堂
水精如意方金色雲毋屏風透搖光四堦綿綿
被纖草草上依微衆山道松間汲井煙翠寒洞
裏園恭天景好愚儒敢欲賀成功鸞鳳棲翔固
不同應念廢材今接地一枝思寄户庭中

使院中新栽栢樹子呈李十五棲筠

岑參

愛爾青青色移根此地來不曾臺上種留向磧
中栽脆葉欺門柳狂花笑院梅不須愁歲晚霜

露豈能摧

武丘寺殿前有古杉一本形狀醜怪圖之不盡況百卉競媚若妬若媢惟此杉死抱奇節髐然鬬然不知雨露之可生也風霜之可瘁也乃造化者方外之材乎遂賦三百言以見志

皮日休

種日應逢晉枯來必自隋鱷狂將立處螭鬬未開時阜犖擲槍幹叉牙束戟枝初驚蟠虬活後獝狂癡勁質如堯瘦貞容學舜徽勢能擒土

伯醜可駭山祇虎爪拏巖穩虬身脫浪欹槎頭
禿似刷栟櫚利於錐突兀方相脛鱗皴夏氏胝
根應藏鬼血柯欲滿龍漦拗似神荼怒呀如猰
㺄飢朽癰難可吮枯瘇不堪治一炷玄雲拔三
尋黑稍奇狼頭敎窣㝫蠆尾掘攣垂目燥那逢
爟心開豈中鈹任苔爲疥癬從蠹作瘡痍品格
齊遼鶴年齡等寶龜將懷縮地力欲負拔山姿
未倒防風骨初僵負貳屍漆書明古本鐵室杌
全師硍磂還無極伶俜又莫持堅應敵駿骨文
定寫魌皮蟠屈愁凌剎騰驤恐攫池搶煙寒嶋

𡾊披蔦靜襹褷威仰誠難識勾芒恐不知好燒
胡律看堪共達多期寡色諸芳笑無聲衆籟疑
終添八柱位未要一繩維盡日來惟我當春訖
更誰他年如入用直柱太平基

奉和古杉三十韻

陸龜蒙

衆木盡相遺孤杉獨任奇挿天形硉兀當殿勢
𢾺危恐是夸娥怒教臨截嶭衰節穿開耳目根
瘿坐熊羆世只論榮落人誰問等衰有巔從白
上無葉與秋欺虎搏應難動鵰蹲不敢遲戰鋒

新鈌齾燒岸黒黲黧鬭死龍骸雜爭奔鹿角差
肱銷洪水腦稜聳梵天眉磔索珊瑚湧森嚴獬
豸窺向空分拳指衝浪出鯨鬐楊僕船檣在嵩
尤陣纛隳下連金粟固高用鐵菱披擬若符堅
棰浮於祖納椎崢嶸驚露鶴趯趚閡雲螭傍宇
將支壓撐霄欲抵巇背交螳臂揭相向鶻拳追
格筆差猶立階于卓未魔鬼神應暗畫風雨恐
潛移已覺寒松伏偏宜后土疲好邀清嘯傲堪
映古茅茨材大應容蝎年深必孕蠹後凋依佛
氏初植必僧彌擁腫頌莊辯槎牙費庾詞詠多

靈府困搜苦化權卑類旣區中寡朋當物外推
蟠桃標日域珠草侍仙墀貞宰誠求夢春丕幸
可鑒若能嘘嶰竹猶足動華滋
郡齋移杉　韋應物
擢幹方數尺幽姿已蒼然結根西山寺來植郡
齋前新含野露氣稍静高牕眠雖爲賞心遇豈
有巖中緣
栽杉　白居易

勁葉森利劒孤莖挺端標纔高四五尺勢若干
青霄移栽東牕前愛爾寒不凋病夫卧相對日
夕閑蕭蕭昨爲山中樹今爲簷下條雖然遇賞
詎無乃近塵囂猶勝澗谷底埋没隨衆樵不見
鬱鬱松委質山上苗

檜樹　　秦韜玉

翠雲交幹瘦輪囷嘯雨吟風幾百春深蓋屈盤
青麈尾老皮張展黑龍鱗惟堆寒色資琴興不
放秋聲染俗塵歲月如波事如夢竟留蒼翠待

何人

謝寺雙檜

劉禹錫

雙檜蒼然古貌奇含烟吐霧鬱參差晚依禪客
當金殿初對將軍映畫旗龍象界中成寶蓋鴛
鴦尾上出高枝長明燈是前朝焰曾照青青年
少時

法雲雙檜

温庭筠

晉朝名輩此離群想對濃陰去住分題處尚尋

王內史畫時應是顧將軍長廊夜靜聲疑雨古殿秋深影勝雲一下南臺到人世曉泉清籟更難聞

題法雲寺雙檜

方壺居士

謝郎雙檜綠於雲昏曉濃陰色未分若並亳宮仙鹿跡定知高峭不如君

三峰府內矮檜

吳融

擢秀依黃閣移根自碧岑周圍雖合抱直上豈

盈尋遠砌行窺頂當庭坐芘陰短堪驚衆目高
已讓他林日轉無長影風迴有細音不容蘿蔦
附只耐雪霜侵王帳籠應匝牙旗倚更禁葉低
宜拂席枝裊易抽簪緑潤支離久朱門揜映深
何須一千丈方有歲寒心

題尾楮寺眞上人院矮檜

杜荀鶴

天生仙檜是長才栽檜希逢此最低一自舊山
來砌畔幾番凡木與雲齊迴無斜影教僧踏免
有閑枝引鶴棲今日偶題題似著不知題後更

誰題

桂　李嶠

未植銀宮裏寧移玉殿幽枝生無限月花滿自然秋俠客條爲馬僊人葉作舟願君期道術攀折可淹留

詠桂二首　李白

園花笑芳年池草艷春色猶不如槿花嬋娟玉階側芬榮何天促零落在瞬息豈若瓊樹枝終

歲長翁㧺

卋人種桃李多在金張門攀折争捷徑及此春

風暄一朝天霜下榮耀難久存安知南山桂緑

葉垂芳根清陰亦可託何惜樹君園

題黄山人庭前孤桂

方干

映牕孤桂非手植子落月中聞落時仙客此時

頭不白看來看去有枯枝

雙桂詠

陳陶

青冥結根易傾倒沃州山中雙樹好瑠璃宫殿無斧聲石上蕭蕭伴僧老

小桂

皮日休

一子落天上生此青壁枝欻從山之幽斸斷雲根移勁挺隱珪質盤珊緹油姿葉彩碧髓融花狀白毫蕤稜層立翠節偃蹇樛青螭影淪雪霽後香泛風和時吾祖在月竁孤貞能見貽顧老君子地不敢辭喧卑

和

陸龜蒙

諷賦輕八植擅名方一枝才高不滿意更自寒
山移宛宛别雲態蒼蒼出塵姿煙歸助華杪雪
點迎芳蕤青條坐可結白日如奔螭諒無劉翦
憂即是蕭森時洛浦雖有蔭騷人聊自怡終爲
濟川檝豈在論高卑

比聞龍門敬善寺有紅桂樹獨秀伊川嘗於
江南諸山訪之莫致陳侍御知予所好因
訪剡溪樵客偶得數株移植郊園衆芳色
沮乃敬善所有是蜀道莠草徒得嘉名因

賦是詩兼贈陳侍御

李德裕

昔聞紅桂枝獨秀龍門側越叟遺數株周人未嘗識平生愛此樹攀翫無由得君子知我心因之爲羽翼豈煩嘉客譽且就清陰息來自天姥岑長凝翠嵐色芬芳世所絕偃蹇枝漸直瓊葉潤不彫珠英粲如織猶疑翡翠宿想待鵷鶵食寧止暫淹留終當[redacted]封植

天竺寺八月十五日夜桂子

皮日休

玉顆珊珊下月輪殿前拾得露華新至今不會
天中事應是嫦娥擲與人

和

陸龜蒙

霜實常聞秋半夜天台天竺墮雲岑如何兩地
無人種却是湘灘是桂林

雜題

山中桂

于武陵

日暖上陽路鳥啼知幾春忽逢幽隱樹如見獨

醒人石冷花開晚風多葉落頻樵夫應不識歲

久伐爲薪

雍裕之

入樹拂丹霄四時青不凋秋風何處起先裊最

長條

月中桂

熊皎

斷破重輪種者誰銀蟾何事便相隨莫言望夜

無攀處却是吟人有得時孤影不凋清露滴異

香長在好風吹幾回目斷烟霄外未必姮娥惜

一枝

廬山桂

白居易

偃蹇月中桂結根依青天天風繞月起吹子下人間飄零倚何處乃落匡廬山生爲石上桂葉如剪碧鮮枝榦日長大根荄日牢堅不歸天上月空老山中年廬山去咸陽道里三四千無人爲移植得入上林園不及紅花樹長栽温室前

廳前桂

天台嶺上凌霜樹司馬廳前委地叢一種不生

明月裏山中猶校勝塵中

東城桂三首并序

蘇之東城古吳都城也今謂之樵牧

場有桂一株生乎城下惜其不得地

因賦三絶句以唁之

子墮本從天竺寺根盤今在闔閭城當時應逐

南風落落向人間取次生

霜雪壓多雖不死荊榛長疾欲相埋長憂落在

樵人手賣作蘇州一束柴

遥知天上桂華孤試問嫦娥更要無月宫幸有

閑田地何不中央種兩株

自衡陽移桂十餘本植零陵所住精舍

柳宗元

謫官去南裔清湘繞靈岳晨登蒹葭岸霜景霽
紛濁離披得幽桂芳本欣盈握火耕困煙燼薪
採久摧剥道旁且不顧岑嶺況悠邈傾筐壅故
壤棲息期鸞鷟路遠清涼宫一雨悟無學南人
始珍重微我誰先覺芳意不可傳丹心徒自渥

題殿前桂葉

盧僎

桂樹生南海芳香隔楚山今朝天上見疑是月

中攀

草木蟲魚類卷第一

草木蟲魚類卷第八　趙孟奎　分門纂類

唐歌詩九十六

木二

柳　垂柳

獨柳　新柳

冬柳　老柳

衰柳　枯柳

柳枝　折柳枝

題柳　詠柳

贈柳　謔柳

對柳　種柳

雜題　桑

梔子　冬青

槐　檉

椰子　楓

甘　橙

橘　櫻

枇杷　棗

梨　荔枝

柹

木二

柳

杜之松

漢將本屯營遼河有戍城大夫曾取姓先生曾

得名高枝拂遠鴈踈影度遥星不辭攀折苦爲

入管絃聲

李紳

千條垂柳拂金絲日暖牽風葉學眉愁見花飛

狂不定還同輕薄五陵兒

韓琮

折柳歌中得翠條遠移金殿種青霄上陽宫女
含聲送不忿先歸舞細腰

杜牧

數樹新開翠影齊倚風情態被春迷依依故國
樊川恨半掩村橋半拂溪

日落水流西復東春光不盡柳何窮巫娥廟裏
低含雨宋玉宅前斜帶風莫將榆莢共爭翠深
感杏花相映紅灞上漢南千萬樹幾人遊宦別
離中

李季蘭

最愛纖纖曲水濱夕陽移影過青蘋東風又染
一年緑楚客更傷千里春低葉巳藏依岸棹高
枝應閉上樓人舞腰漸重煙光老散作飛綿惹
翠茵

李商隱

爲有橋邊拂面香何曾自敢占流光後庭玉樹
承恩澤不信年華有斷腸
柳映江潭底有情望中頻遣客心驚巴雷隱隱
千山外更作章臺走馬聲
曾逐東風拂舞筵樂游春苑斷腸天如何肯到

清秋日已帶斜陽又帶蟬
江南江北雪初消漠漠輕黄惹嫩條灞岸已攀
行客手楚宫先騁舞姬腰清明帶雨臨官道晚
日含風拂野橋如線如絲正牽恨王孫歸路一
何遥
動春何限葉撼曉幾多枝解有相思否應無不
舞時絮飛藏皓蝶帶弱露黄鸝傾國宜通體誰
來獨賞眉
崔櫓
風慢日遲遲拖烟拂水時惹將千萬恨繫在短

長枝骨軟張郎瘦腰輕楚女飢故園歸未得多
少斷腸思

唐彦謙

春思春愁一萬枝遠村遥岸寄相思西園有雨
和苔長南内無人拂檻垂遊客寂寥緘遠恨暮
鸎啼叫惜芳時晚來飛絮如霜雪恐爲多情管

別離

春風向楊柳能事盡風流有意疑張緒無情見
莫愁依然金谷在寧免武昌偷前路難回首何
須苦映樓

顧雲

閑花野草總爭新眉皺絲乾獨不勻乞與東風
殘氣力莫教虛度一年春

孫魴

龍葱二月初青軟自相紆意態花猶少風流木
更無影繁晴陌上煙重古城隅煬帝河聲裏幾
番榮又枯

數樹新栽在畫橋春來猶自長長條東風多事
剛牽引已解纖纖學舞腰

金堤堤上一林煙況近清明二月天別有數株

遥望見畫橋南面拂鞦韆
春物牽情不奈何就中楊柳態難過也知是處
無花去爭那看時未覺多
小眉初展緑條稠露壓煙濛不自由莫是折來
偏屬意依稀相似是風流
九衢春霧濕雲凝着地毵毵礙馬行擬折無端
拋又戀亂穿來去羨黄鶯
千樹陰陰蓋御溝雪花金穗思悠悠先朝事後
應無也惟是荒根逐碧流
摇蕩和風恃賴春蘸流遮路逐年新顛狂絮落

還堪恨分外欺凌寂寞人
暖催春促吐芳菲件雨從風處處斜莫道玄功
無定配不然爭得見桃花
小池前後碧江濱窣𡸣拋青爛熳春不是和風
爲擡舉可能開眼向行人
深緑依依配淺黄兩般顔色一般香到頭𡡾娜
成何事秖解年年斷客腸
李山甫十首
灞岸江頭臘雪消東風偷軟入纖條春來不忍
登樓望萬架金絲着地嬌

受盡風霜得到春一條條是逐年新尋常送別
無餘事爭忍攀將過與人
長恨陽和也世情把香和艷與紅英家家只是
栽桃李獨自無根到處生
只爲遮樓又拂橋被人摧折好枝條假饒張緒
如今在須把風流暗裏銷
弱帶低垂可自由傍他門户倚他樓金風不解
相擡舉露壓煙欺直到秋
終日堂前學畫眉幾人曾道勝花枝試看三月
春殘後門外青陰是阿誰

也曾飛絮謝家庭從此風流別有名不是向人
無用處一枝愁殺別離情
從來只是愛花人楊柳何曾占得春多向客亭
門外立與他迎送往來塵
強扶柔態酒難醒殢著春風別有情公子王孫
且相伴與君俱得幾時榮
無賴秋風斗頓寒萬條煙草一時乾遊人若要
春消息直向江頭臘後看

鄭谷

半煙半雨江橋畔映杏映桃山路中會得離人

無限意千絲萬絮惹春風

韓偓

一籠金線拂彎橋幾被兒童損細腰無奈靈和

標格在春來依舊褭長條

翁承贊 五首

斜拂中橋遠映樓翠光駘蕩曉烟收洛陽才子

多情思橫把金鞭約馬頭

高出營門遠出墻朱欄門閉緑成行將軍宴罷

東風急閒櫬旌旗簇畫堂

彭澤先生酒滿船五株栽向九江邊長條細葉

無窮盡管領春風不許年

煬帝東遊意緒多宮娃眉翠兩相和一聲水調

春風暮千里交陰鎖汴河

纏繞春情卒未休秦娥蕭史兩相求玉勾欄内

珠簾卷瑟瑟絲籠十二樓

裴説

高拂危樓低拂塵灞橋攀折一何頻思量却是

無情樹不解迎人只送人

羅隱

灞岸晴來送别頻相偎相倚不勝春自家飛絮

猶無定爭解垂絲絆路人
一簇青煙鎖玉樓半垂欄畔半垂溝明年更有
新條在繞亂春風卒未休

羅弘信

糚點青春更有誰青春常許占先知亞夫營畔
風輕處元亮門前日暖時花密宛如飄六出葉
繁何惜借雙眉交情別緒論多少好向仁人贈
一枝

文丙

何事動吟哦長[illegible]翠色和垂陰千樹少送別一

枝多帶霧籠彭澤揺風舞汴河只因隋帝植民

力幾銷磨

司空圖　二首

誰家按舞傍池塘已見繁枝嫩眼黄漫説早梅

先得意不知春力暗分張

似擬凌寒妬早梅無端弄色傍高臺折來未有

新枝長莫遣佳人更折來

李中

春來無樹不青青似共東風别有情閑憶舊居

湓水畔數枝煙雨屬啼鶯

最愛青青水國中莫愁門外間花紅纖纖無力
勝春色撼起啼鶯恨晚風

和練秀才楊柳

楊巨源

水邊楊柳麴塵絲立馬煩君折一枝惟有春風
最相惜殷勤更向手中吹

楊柳

汪遵

亞夫營畔柳濛濛隋主堤邊四路通攀折贈君
還有意翠眉輕嫩怕春風

垂柳

李商隱

娉婷小苑中婀娜曲池東朝佩皆垂地仙衣盡帶風七賢寧占竹三品且饒松腸斷靈和殿先皇玉座空

唐彦謙

絆惹春風别有情世間誰敢鬭輕盈楚王江畔無端種餓損纖腰學不成
垂柳碧髯茸樓昏帶雨容思量成晝夢來去發春慵梳洗憑張敞乘騎笑稚恭碧虚從轉笠紅

燭近高春怨臉明秋水愁眉淡遠峯小園花盡
蝶靜院酒醒蛩舊作琴臺鳳今爲藥店龍寶奩
抛擲久一任景陽鐘

獨柳

杜牧

含煙一株柳拂地搖風久佳人不忍折悵望迴
纖手

新柳

司空曙

全欺芳蕙晚似妬寒梅疾撩亂發青條春風來

幾日

崔櫓

無情柔態任春催似不勝風倚古臺多少去年

今日恨御溝顏色洞庭來

禁中新柳

施肩吾

萬條金線帶春煙深染青絲不直錢又免生當

離別地宮鵶啼處禁門前

長安新柳

陳光

九陌雲初霽皇衢柳已新不同天苑景先得日
邊春色淺微含露絲輕未惹塵一枝方欲折歸
去及兹晨

臨川見新柳

崔櫓

不到江頭三四日橋邊楊柳老金絲岸南岸北
往來渡帶雨帶煙深淺枝何處故鄉牽夢想兩
廻他國見榮衰汀洲草色亦如此愁殺遠人人
不知

喜小樓西新柳抽條

白居易

一行弱柳前年種數尺柔條今日新漸欲拂他騎馬客未多遮得上樓人須教碧玉羞眉黛莫與紅桃作麴塵爲報金堤千萬樹饒伊未敢苦爭春

冬柳

陸龜蒙

柳汀斜對野人窻零落衰條傍曉江正是霜風飄斷處寒鷗驚起一雙雙

勤政樓西老柳

白居易

半朽臨風樹，多情立馬人。開元一株柳，長慶二年春。

題州北路傍老柳樹

皮枯緣受風霜久，條短爲經攀折頻。但見半衰當此路，不知初種是何人。雪花零碎逐年減，煙葉稀疎隨分新。莫道老株芳意少，逢春猶勝不逢春。

衰柳

吴仁璧

金風漸利露珠團廣陌長堤黛色殘　殿[illegible]往遊
隋煬帝一千餘里可堪看

雨中題衰柳

白居易

濕屈青條折寒飄黄葉多不知秋雨意更遣欲
如何

題河邊枯柳

王泠然

隋家天子憶揚州厭坐深宫傍海遊穿地鑿山
開御路鳴笳疊鼓汎清流流從鞏北河分口直

到淮南種官柳功成力盡人旋亡運謝年移樹
空有當時緑女侍君王帳殿旌門對柳行青葉
交垂連幔色白花飛散染衣香今日摧殘何用
道數里曾無一株好驛騎江帆損更多山精野
鬼藏魋老深秋九月露爲霜日夜孤舟入帝鄉
河畔時時聞落葉客中無箇不霑裳

柳枝

薛能

數首新詞帶恨成柳絲牽我我傷情柔娥幸有
腰枝穩試踏吹聲作唱聲

高出軍營遠映橋賊兵曾斫火曾燒風流性在
終難改依舊春來萬萬條
縣依陶令想嫌迂營伴將軍即大麄此日與君
除萬恨數篇風調更應無
狂似纖腰嫩勝綿自多情態竟誰憐遊人不折
還堪恨抛向橋邊與路邊
乾符五年許州刺史薛能於郡閤與幕中談
賓酣飲醋酎因令部妓少女作楊柳枝健
舞復賦其詞無可聽者自以五絶爲楊柳
新聲

朝陽暗照緑楊煙一別通波十七年應有舊枝
無處覔萬株風裏卓旌旃
晴垂芳態吐芽新雨擺輕條濕面春別有出墻
高數尺不知摇動是何人
晚梳鬟髻朶事登樓因掛垂楊立地愁牽斷緑絲
攀不及半空懸着玉搔頭
西園高樹後庭根處處尋芳有折痕終憶我遊
桃葉舍一株斜映竹籬門
劉白蘇臺摠近時當初章句是誰推纖腰舞盡
春楊柳未有儂家一首詩

姚合 五首

黄金絲掛粉墻頭動似顛狂靜似愁遊客見時

心自醉無因得見謝家樓

葉葉如眉翠色濃黄鸎偏戀語從容橋邊陌上

無人識雨濕煙和思萬重

江上東西離別饒舊條折盡折新條亦知春色

人將去猶勝狂風取次飄

二月楊花觸處飛悠悠漠漠自東西謝家詠雪

徒相比吹落庭前便作泥

江亭楊柳折還垂月照深黄幾樹絲見說隋堤

枯已盡年年行客恠春遲

折柳枝

施肩吾

傷見路邊楊柳春一重折盡一重新今年還折去年處不送去年離别人

薛能十首

華清高樹出離宫南陌柔條帶暖風誰見輕陰是良夜瀑泉聲畔月明中

洛橋晴影覆江船羌笛秋聲濕塞烟閑想習池公宴罷水蒲風絮夕陽天

嫩緑輕懸似綴旒路人遥見隔宫樓誰能更近
丹墀種解播皇風入九州
暖風晴日斷浮埃廢路新條發釣臺處處輕陰
可惆悵後人攀處古人栽
灞上江邊嫋嫋垂日高風静絮相隨青樓一樹
無人見正是女郎眠覺時
汴水高懸百萬條風清兩岸一時摇隋家力盡
虚栽得無限春風屬聖朝
和花煙樹九重城夾岸春陰十萬營惟向邊頭
不堪望一林顦顇少人行

窻外齊垂旭日初樓邊輕好暖風徐遊人莫道
栽無益桃李清陰却不如
衆木猶寒獨早青御溝橋畔曲江亭隋家舊日
應如此一院春條緑遶聽
帳偃纓垂細復繁令人心想石家園風條月影
皆堪重何事侯門愛樹萱
折柳贈行人
雍裕之
那言柳亂垂盡日任風吹欲識千年恨和烟折
一枝

题柳

温庭筠

楊柳千條拂面絲緑煙金穗不勝吹香隨靜婉歌塵起影伴嬌饒舞袖垂羌管一聲何處曲流鶯百囀最高枝千門九陌花如雪飛過宫墻兩自知

李中

折向離亭畔春光滿手生群花豈無艷柔質自多情夾岸籠溪月兼風撼野鶯隋堤三月暮飛絮想縱横

詠柳

吴融

自與鶯爲地不教花作媒細應和雨斷輕祗受風裁好拂錦地障莫遮銅雀臺灞陵千萬樹日暮別離迴

李咸用

日近煙饒邊有意東垣西掖幾千株牽連別恨知難盡誇衒春光恐更無解引人情長婉約巧隨風勢强盤紆天應繡出繁華景處處茸絲惹路衢

韓偓

裊雨拖風不自持全身無力向人垂玉纖折得遥相贈便似觀音手裏時

贈柳

李商隱

帝臺從掩映郢路更參差見説風流極來當婀娜時橋廻行欲斷堤遠意相隨忍放花如雪青樓撲酒旗

謔柳

已帶黄金縷仍飛白玉花長時須拂馬密處少

藏鴉眉細從他斂腰輕莫自斜玳梁誰道好偏擬映盧家

暮春對柳　二首

司空圖

縈愁惹恨奈楊花閉户垂簾亦滿家惱得閑人作酒病剛須又撲越甌茶

洞中猶説看桃花輕絮狂飛自俗家正是階前開遠信小娥旋拂碾新茶

岳陽對柳

脩睦

誰此種春色令人看莫窮正垂雲夢雨不奈洞
庭風昔出長安道獨遊隋苑東當時今日思須
信苦相同

種柳戲題　　柳宗元

柳州柳刺史種柳柳江邊談笑爲故事推移成
昔年垂陰當覆地聳幹會參天好作思人樹慚
無惠化傳

種柳三詠

白居易

白頭種松桂早晚見成林不及栽楊柳明年便
有陰春風爲催促副取老人心
從君種楊柳夾水意如何準擬三年後青絲拂
綠波仍教小樓上對唱柳枝歌
更想五年後千千條麴塵路旁深映月樓上闇
藏春愁殺閑遊客聞歌不見人

東澗種柳

野性愛栽植植柳水中坻乘春持斧斫栽截而
樹之長短既不一高下隨所宜倚岸埋大榦臨
流揷小枝松柏不可待楩柟固難移不如種此

樹此樹易榮滋無根亦可活成陰況非遲三年
未離郡可以見依依種罷水邊憩仰頭閑自思
富貴本非望功名須待時不種東溪柳端坐欲
何爲

西澗種柳

韋應物

宰邑乖所願僶俛惜昔人聊將休暇日種柳西
澗濱置鍤息微倦臨流睇歸雲封壤自人力生
條在陽春成陰豈自取爲茂屬他辰延詠留佳
賞山水變夕曛

雜題

隋堤柳　杜牧

夾岸垂楊三百里祗應圖畫最相宜自嫌流落
西歸疾不見東風二月時

李山甫

曾傍龍舟拂翠華至今凝恨倚天涯但經春色
還秋色不覺楊家是李家背日古隂從北朽逐
波踈影向南斜年年只有晴風便遥爲雷塘送
雪花

翁承贊

春半烟深汴水東黄金絲軟不勝風輕籠行殿
迷天子抛擲長安似夢中

羅隱

夾岸依依千里遥路人廻首認隋朝春風未借
宣華意猶費工夫長緑條

春池柳

太宗

年柳變池臺隨隄曲直廻逐浪絲陰去迎風帶
影來疎黄一鳥哢半翠幾眉開飛雪臨春岸參

差聞早梅

宮柳　　韓偓

莫道秋來芳意遲宮娃猶似妬娥眉幸當玉輦
經過處不怕金風浩蕩時草色長承垂地葉日
華先動映樓枝澗松亦有凌雲分爭似移根太
液池

華清宮前柳　　王建

楊柳宮前忽地春在先驚動探春人曉來惟欠

驪山雨洗却枝條緑上壓

御溝柳

杜荀鶴

律到御溝春溝邊柳色新細籠穿禁火輕拂入
朝人日近韶光早天低聖澤匀谷鶯棲未穩宫
女畫難真楚國空摇浪隋堤暗惹塵如何帝城
裏先得覆龍津

長安柳

脩睦

雨重依依舞態低任人攀折路東西何如渡口

成林處留得黃鸝到夜啼

灞岸柳　楊巨源

楊柳含煙灞岸春年年攀折爲行人好風儻借低枝便莫遣青絲掃路塵

青門柳　白居易

青青一樹傷心色曾入幾人離恨中爲近都門多送别長條折盡減春風

蘇州柳

金谷園中黄嫋娜曲江亭畔碧婆娑老來處處
遊行遍不似蘇州柳㝡多絮撲白頭條拂面使
君無計奈春何

東亭柳

趙嘏

拂水斜煙一萬條幾隨春色倚河橋不知別後
誰攀折猶自風流勝舞腰

關門柳

李商隱

永定河邊一行柳依依長發故年春東來西去

人情薄不爲清陰減路塵

邊城柳　劉阜

一株新柳色十里斷孤城爲近東西路長懸離別情

小橋柳　白居易

細水涓涓似淚流日西惆悵小橋頭衰楊葉盡空枝在猶被霜風吹不休

巴江柳

李商隱

巴江可惜柳柳色緑侵江好向金鑾殿移陰入

綺窻

江柳

薛能

條緑似垂纓離筵日照輕向人雖有態傷我爲

無情橋遠孤臨水墻低半出營天津曽此見亦

是愴行行

江邊柳

李郢

東風晴色掛闌干眉葉初晴畏曉寒江上別筵
終日有緑條春在長應難
雍裕之
嫋嫋古堤邊青青一樹煙若爲絲不斷留取繫
郎船
憶江柳
白居易
曾栽楊柳江南岸一别江南兩度春遥憶青青
江岸上不知攀折是何人
正月水邊柳

張又新

結根挺涯溪垂影覆清淺睡眼寒未開嬾腰晴

更軟揺空條已重拂水帶方展似醉烟景凝如

愁月露泫絲長魚悞恐枝弱禽驚踐悵別幾多

情含春任攀搴

途中柳

李中

翠色晴來近長亭路去遥無人折煙縷落日拂

溪橋

野狐泉柳林

元稹

去日野狐泉上柳紫芽初綻拂眉低秋來寥落
驚風雨葉蒲空林踏作泥

詔取永豐坊柳植禁苑　盧貞

一樹依依在永豐兩枝飛去杳無蹤玉皇曾采
人間曲應逐歌聲入九重

南陽見柳　崔櫓

夜來風入最高枝骨斷愁腸幾尺絲楚塞曾吟

烟午處曲江長憶雪晴時金街細轂縈廻岸戍
笛牛歌遠近陂還把舊年惆悵意武安城下一
吟詩

宇文秀才齋中海柳詠　孟郊

玉縷青葳蕤結爲芳樹姿忽驚明月鈎鈎出珊
瑚枝灼灼不死花濛濛長生絲飲栢况仙味詠
蘭擬古詞霜風清飂飂與君長相思

謝韋大夫柳栽

皇甫冉

本在胡笳曲今從漢將營濃陰方待庇弱植豈
無情比雪花應吐藏烏葉未成五株蒙遠賜應
使號先生

題平陽郡汾橋邊柳樹　　岑參

此地曾居住今來宛似歸可憐汾上柳相見也
依依

搖柳　　孟郊

弱弱本易驚看看勢難定因風似醉舞盡日不

能正時邀詠花女笑輟春糚鏡

柳邊　杜甫

只道梅花發那知柳亦新枝枝摠到地葉葉自
開春紫燕時翻翼黄鸝不露身漢南應老盡霸
上遠愁人

柳下暗記　李商隱

無奈巴南柳千條傍吹臺更將黄映白擬作杏
花媒

柳宜城鵲巢歌并序

顧況

俗傳鵲巢在南令人貧窮多口舌東西家者已斫樹枝公獨順其乳育於鳥知此於人可知況承命歌曰

相公宅前楊柳樹野鵲飛來復飛去東家斫樹枝西家斫樹枝東家西家斫樹枝發遣野鵲巢何枝相君處分留野鵲一月生得三箇兒相君長命復富貴口舌貧窮徒爾爲

看桑

孫魴

簇簇千相遮閑看甚可嗟𧉤多雖是葉裁盛不

如花春緑暗連麥秋乾暮立鵶舊鄉曾種得經

亂屬誰家

採桑

鄭谷

曉陌携籠去桑村路隔淮何如鬬百草賭取鳳

凰釵

枯桑

白居易

道傍老枯桑枯來非一朝皮黄外尚活心黑中
先焦有似多憂者非因外火燒

梔子

杜甫

梔子比衆木人間誠未多於身色有用與道氣
傷和紅取風霜實青看雨露柯無情移得汝貴
在映江波

宛陵館冬青樹

趙嘏

碧樹如煙覆晚波清秋欲盡客重過故園亦有

如煙樹鴻鴈不來風雨多

洞靈觀冬青　　許渾

霜霰不凋色兩株交石壇未秋紅實淺經夏綠

陰寒露重蟬鳴急風多鳥宿難何如西禁柳晴

舞玉闌干

槐　　李嶠

暮律移寒火春宫長舊栽葉生馳道側花落鳳

庭隈烈士懷忠觸鴻儒訪業來何當赤墀下䟱

幹擬三台

鳳閣南廳槐樹半生死雖遇陽和終呈枯朽

託根清禁頗覺非宜感物緣情率爾爲詠

李懷遠

庭槐歲月深半死尚抽心葉少寧障日枝疎不

礙禽帷幄諒無取棟梁非所任媿在龍樓側羞

處鳳池陰未能辭雨露循得歛衣簪惜悲生意

盡空餘古木吟

庭槐

白居易

南方饒竹樹惟有青槐稀十種八九死縱活亦
支離何此郡庭下一株獨華滋蒙蒙碧煙葉嫋
嫋黄花枝我家渭水上此樹蔭前墀忽向天涯
見憶在故園時人生有情感遇物牽所思樹木
猶復爾况見舊親知

題湖城縣西道中槐樹

吴融

零落欹斜此路中盛時曾識太平風曉迷天仗
歸春苑暮送鑾旗指洛宫一自煙塵生蓟北更
無消息幸關東而今只有孤根在鳥啄蟲穿没

亂逢

魏倉曹東堂檉樹

李頎

愛君雙檉一樹奇千葉齊生萬葉垂長頭拂石帶煙雨獨立空山人莫知欑青蓄翠陰滿屋紫穗紅英曾斷目洛陽墨客遊雲間若到麻源第三谷

題椰子樹

沈佺期

日南椰子樹杳裊出風塵叢生雕木首圓實檳

榔身玉房九霄露碧葉四時春不及塗林果移
根隨漢臣

江上楓　　雍裕之

綺霞明赤岸錦纜繞丹枝楚客征愁絶西風且
莫吹

成文幹

江楓自翁欝不競松筠力一葉落漁家殘陽帶
秋色

柳州城西北隅種甘樹

柳宗元

手種黄甘二百株春來新葉徧城隅方同楚客憐皇樹不學荆州利木奴幾歲開花聞噴雪何人摘實見垂珠若教坐待成林日滋味還堪養老夫

照公院雙橙　李頎

種橙夾階生得地細葉隅簾見雙翠抽條向長未及肩泉水遶根日三四青青何必楚人家帶兩凝煙新著花永願香爐灑甘露夕陽時映東

枝斜南庭黄竹爾不敵借問何時堪掛錫

勑移橘栽

張彪

南橘北爲枳古來豈虛言徒植期不變隂陽感

君恩枝條皆宛然本土封其根及時望栽種萬

里遶花園滋味豈聖心實以憂黎元暫勞致力

重永感貢獻煩是嗟草木類禀異於乾坤願爲

王母桃千歲奉至尊

洞庭山維諒上人院堦前孤生橘樹歌

皎然

洞庭仙山但生橘不生凡木與棃栗真子無私
自不栽感得一株堦下出細葉繁枝委露新四
時常緑不關春若言此物無道性何意孤生來
就人三月二月山初暖最愛低簷數枝短白花
不用鳥嘀來自有風吹手中滿九月十月爭破
顔金實離離色穀穀一夜天晴香滿山天生珍
木異於俗俗士來逢不敢觸清陰獨步禪起時
徒倚枝前看不足

諒公洞庭孤橘歌

顧況

不種自生一株橘誰教渠向階前出階前出一
株不羨江陵千木奴下生白蟻子上有青雀雛
分花蓋蔔擁檀香結實如意摩尼珠洞庭橘樹
凝煙碧洞庭波月連沙白待取天公放恩赦儂
家定作湖中客

病橘　杜甫

群橘少生意雖多亦奚爲惜哉結實小酸澁如
棠梨剖之盡蠹蝕采掇爽其宜紛然不適口豈
止存其皮蕭蕭半死葉未忍別故枝玄冬霜雪

書趙孟奎唐歌詩後

此書係牧翁先生藏本後歸先君先君見背後余兄弟往見先生問及遺書荅以宋本皆先君手授問趙孟奎唐歌詩屬誰荅云屬扆又問施註蘇詩云亦屬扆先生注目視扆曰汝何幸也此二者皆良書也余與君家俱有之余爲六丁下取惟君家獨存故問唐歌詩吾家故物尊府君見而奇之後余又得綿紙強半部從内府流出紙白墨新燦然奪目尊府君因求此本適床頭金盡遂以相質内府

藏本有序目并抄去猶憶其序云一千三百
五十三家四萬七百九十一首又云蘇詩王
註荒陋施註典核即如吹洞簫之客姓名藝
能甚悉他可類推矣君家有鈌卷屢從余借
抄未與也今深悔之扆闇之茫然不知所謂
歸家篝燈發兩書而讀之唐歌詩無序目及
檢蘇詩赤壁賦註亦無吹簫人姓名次日反
覆繙閱果于次孔毅父詩註見之載坡公手帖云綿竹武都山道
士楊世昌子京善畫山水能鼓琴曉星曆骨色及作軌革卦影通
知黄白藥術其第三首有西州楊道士識音律洞簫入手等句證
其自廬山從公在壬戌之夏赤壁賦中吹洞簫者殆是楊也○吳
文定公題赤壁圖詩云西飛孤鶴記何祥有客吹簫楊世昌當日

賦成誰與註數行石刻舊曾藏見家藏集第二十卷展披施註記飛鶴者又是一帖此二帖蜀箋墨蹟往昔藏施宿家其所刊石搨文定公有之據賦成誰註之詞則公亦未見施註矣而所抄趙孟奎序目奈何失去後二年檢書錄中得之開卷疾讀二句不誤一字急錄入冊內披目展玩雖十存其一有隱僻姓名從未寓目者因思以天下之大好事者之衆豈無全書傳聞武進唐孝廉孔明宇昭有之託王石谷翬往問無有也先是託王子良善長訪于金壇甲辰二月子良從金壇來述于子荆之言曰唐氏舊有其書價須百金夏日暴書方讀趙序忽憶其言躍

然曰于與唐姻亞也果能得之鳩工而刻之
不過傾家之半遂可公之天下俾讀其書者
如入建章而睹千門萬戶之富此生樂事莫
踰于此矣盍再訪諸即欲鼓棹而前如石壕
吏何内兄嚴拱侯垣曰此韻事亦勝事也吾
當往次日即行道經丹陽宿旅店樓中中夜
聞戶樞聲雞初鳴鄰辟大呼失金諸商旅盡
起將啟行戶皆扃鐍不得出天明伍伯來追
宿店者二十三人拱侯居首為與失金者比
屋也匍匐見縣令命各出囊中金召失金者

驗之布金滿堂下多者數百最少者拱侯也
及驗畢皆非遂出拱侯曰可以行矣曰未也
令不能决當質之于神舁神像坐廣庭庭中
架熾炭上置巨鍋傾桐油于中火炎炎從油
上出向拱侯曰請浴拱侯長嘆曰毛斧季書
癖害人一至此乎趙孟奎之唐詩其有無未
卜令余死于沸油何也一老人曰若毋恐苟
盜金必糜爛不然無傷也試以手探之痛不
甚劇遂蘸油塗體果無損以次二十二人盡
無恙拱侯曰人謀鬼謀鑊湯鑪炭盡嘗之矣

今可以行矣又一人亦去其二十一人者方
與旅店鬨及事白盜金者店家也拱傒抵金
壇促于子荆寓書唐孔明荅曰無之竟不得
書以歸扆趨迎問唐歌詩拱傒曰焉得歌不
哭幸矣扆驚叩之具述前事旣悵怏復跼蹐
焉雖然慼慼焉猶思他訪也後讀葉文莊公
集謂從雷侍郎録殘本完者僅二十七卷乃
幡然曰公爲英宗朝名臣前此且二百年其
箓竹堂藏書甲天下尚止于此余小子焉得
冀窺全豹乎敝箒之享遂欣然自足汲古後

人毛扆謹識

按趙孟奎字文耀號春谷寄貫蘇州太祖十一世孫寳祐丙辰文信國榜進士官至秘閣脩撰博覽工文善畫竹石蘭蕙祖希懌字叔和淳熙中進士以江西安撫轉運除知平江覈財用出入而削浮費無藝者郡多舞文吏未及期年苗薅髮櫛官寺肅清以治行進直學士尋以病告移知太平州拜昭信軍節度使致仕累贈太師成國公謚正惠葬呉縣穹窿山父與簒字德淵别號節齋嘉熙三年直

敷文閣知平江兼淮浙發運使四年郡中饑
分場設粥委請董役全活者數萬人寶祐三
年以觀文殿學士再守郡行鄉飲射禮于學
宮復修飾殿堂齋廬廣弦誦以嚴教養學宮
子弟爲生立祠明年兼提刑六年除江東安
撫使知建康府景定初再知平江匄祠封周
國公謚忠惠扆按孟奎祖父俱典吾郡有政
績且丘墓在焉寄貫于蘇宜矣唐詩一集亦
吾郡典故其作序在咸淳改元距今四百餘
年而湮沒若此景仰之餘可勝扼腕扆又識

略疏隱僻姓名于後

文丙　許大　任生　劉乙

孟翔　姚揆　喬備　狄煥

郭巷　戴公懷

附録葉文莊公書唐歌詩後見涇東藁第十卷

唐歌詩殘書十册録于雷景陽侍郎此書趙孟奎編分門纂類其用志勤矣舊凡百卷今存此三十一卷内三十一三十二卷見名類詩逸三十九四十卷僅有首末二紙所存實二十七卷蓋三不及一也景陽云尚有一册

尋未得

嘉慶壬戌十二月廿四日元和顧廣圻訪
九能嚴君於石冢坐芳椒堂重觀此書向在
吾郡屢得寓目今如見故人也

辛未花朝後一日將為吴中之行留餘不溪館一句矣瀕行
修能仁兄出此相示因題數字以識清賞杭人倪稻孫

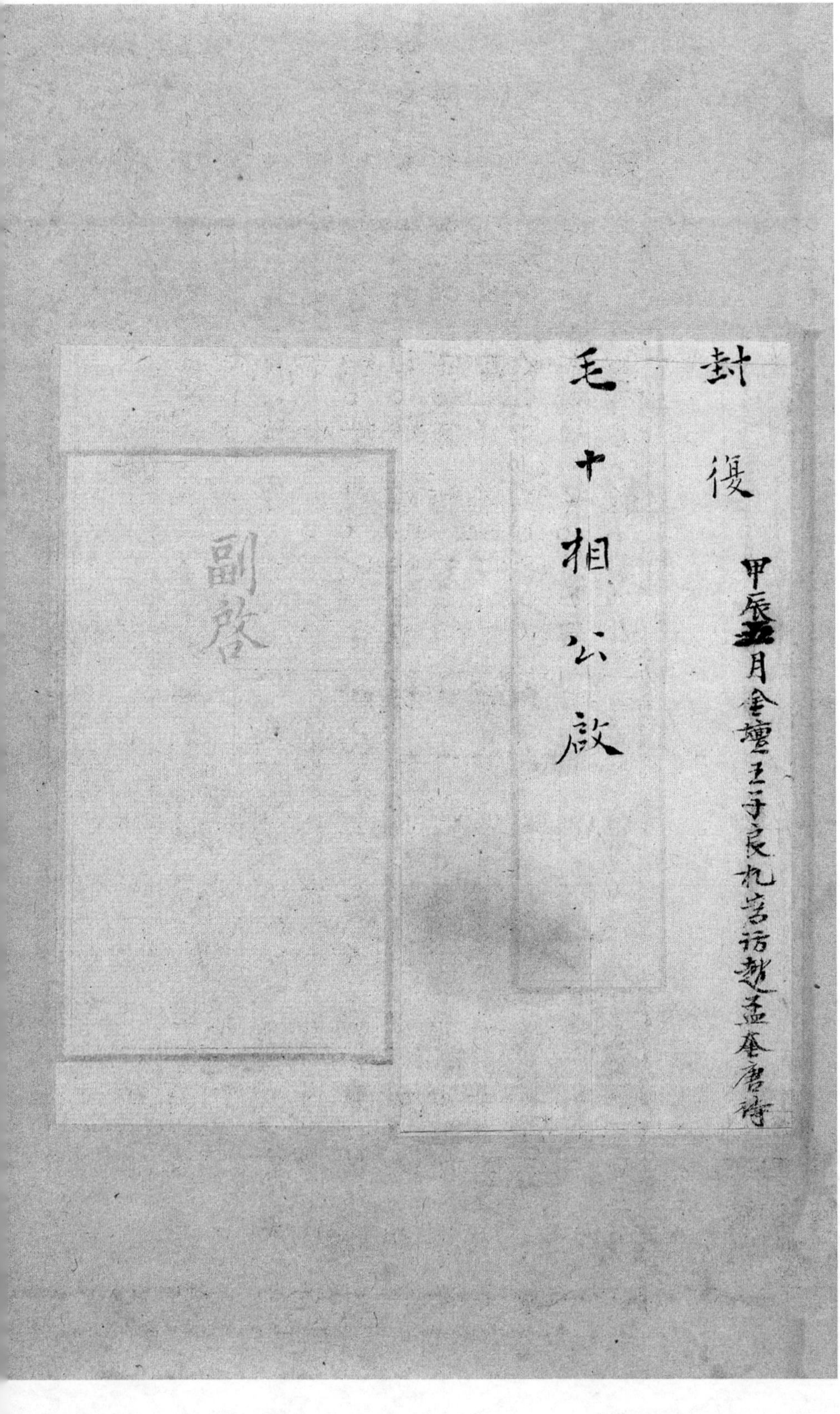
封復
甲辰五月金壇王于良札寄訪趙孟奎唐詩
毛十相公啟
副啟

仲春擾別倏又深夏矣正
相念間拱候表舅適至知
興居嘉勝為慰所
諭宋板唐詩前于荊老實
未知其詳百金之說亦擬
議之辭今接
華翰即便作札特地遣使往
毘陵細問唐雲老實無

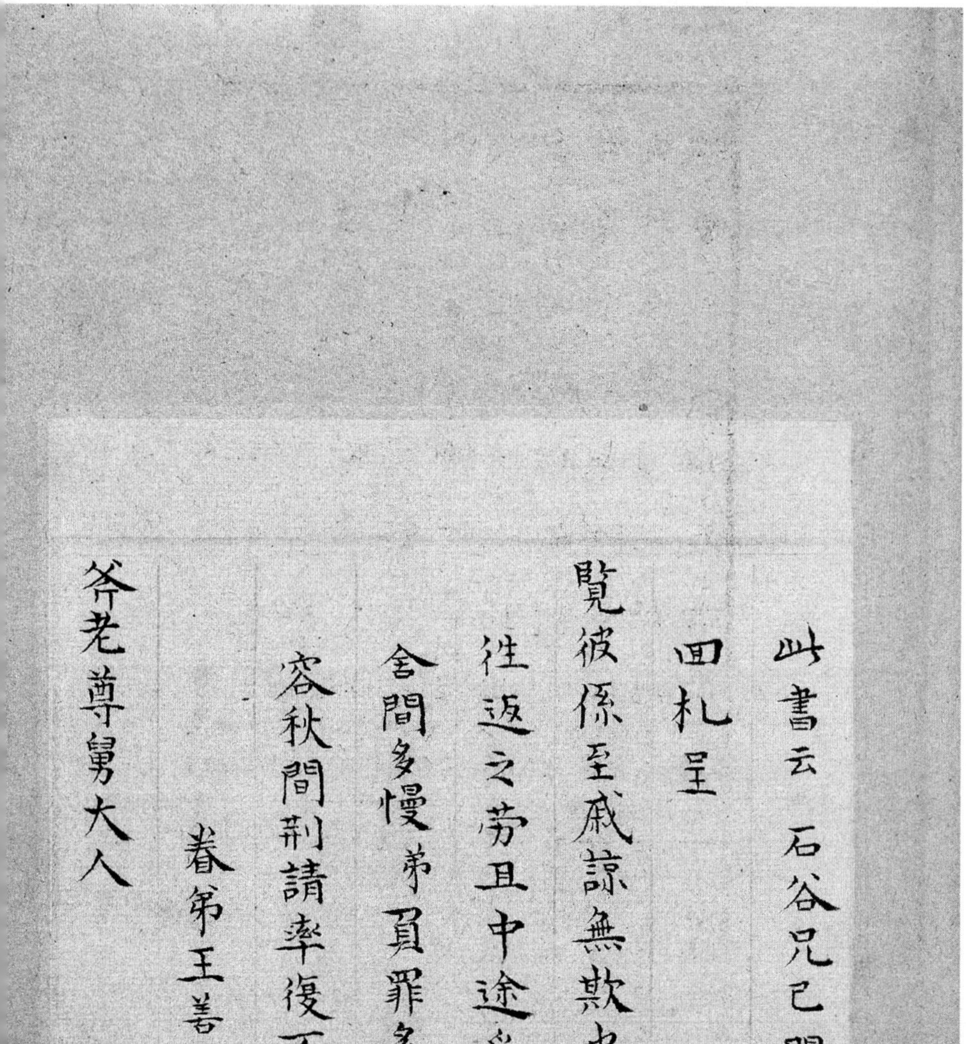

此書云　石谷兄已問過矣
回札呈
覽彼係至戚諒無欺也但　拱宸
往返之勞且中途受累兼之
舍間多慢弟負罪多〻矣餘
容秋間剎請率復不一
眷弟王善長頓首
答老尊舅大人

收
甲辰五月唐孔明復于子荊札為托訪分類唐詩

寸四相公

今年築時日中與牙
行粮根由好大囊商賈
辛蘭激發之又築毒矣
去片築十數首後佳日
友不至鎮之今夕追查漢
大賈唇舌押了其賠償
係耳美人家回出者
十餘首帶謂辛蘭不
久已常同面擬去不宣遂

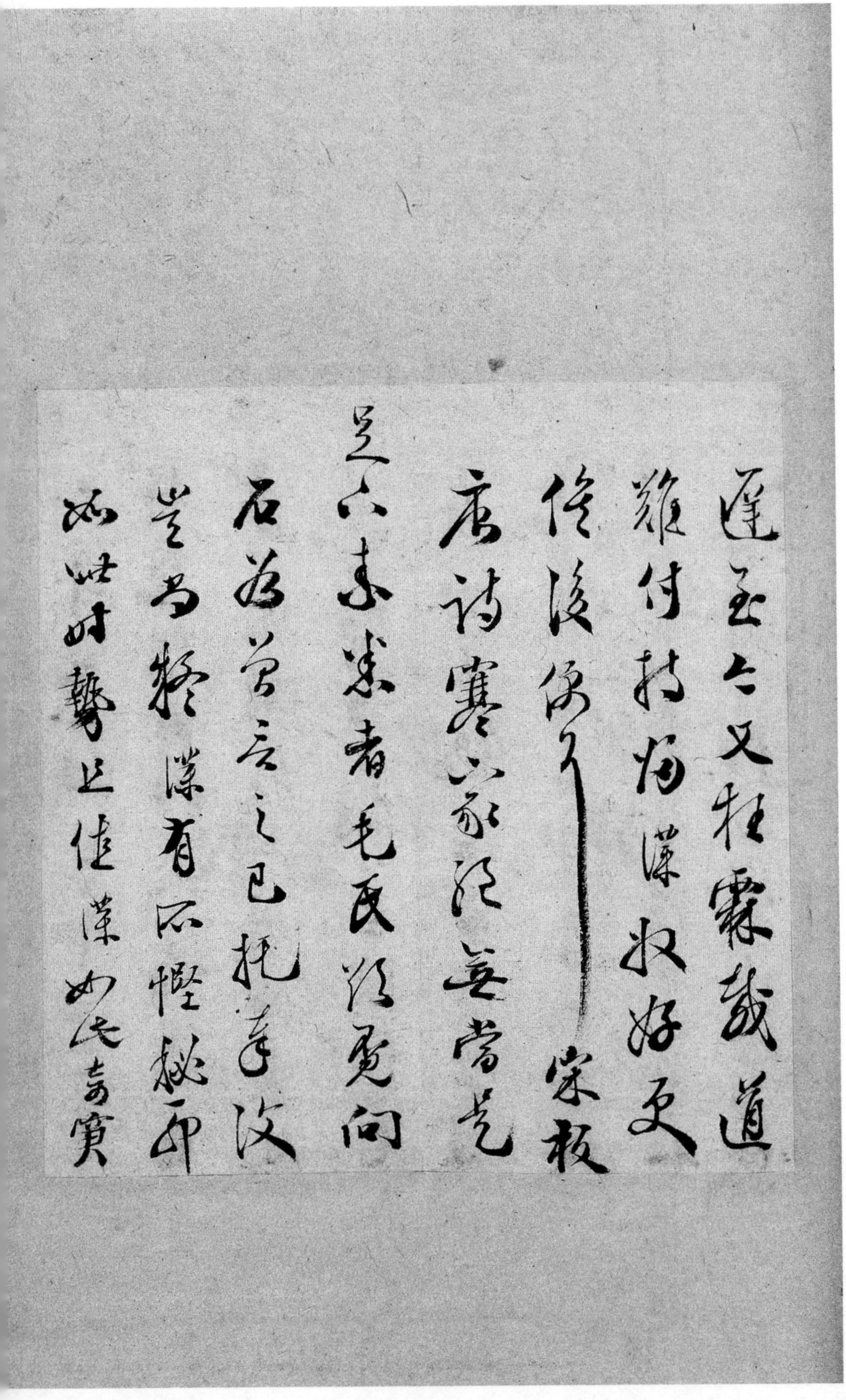

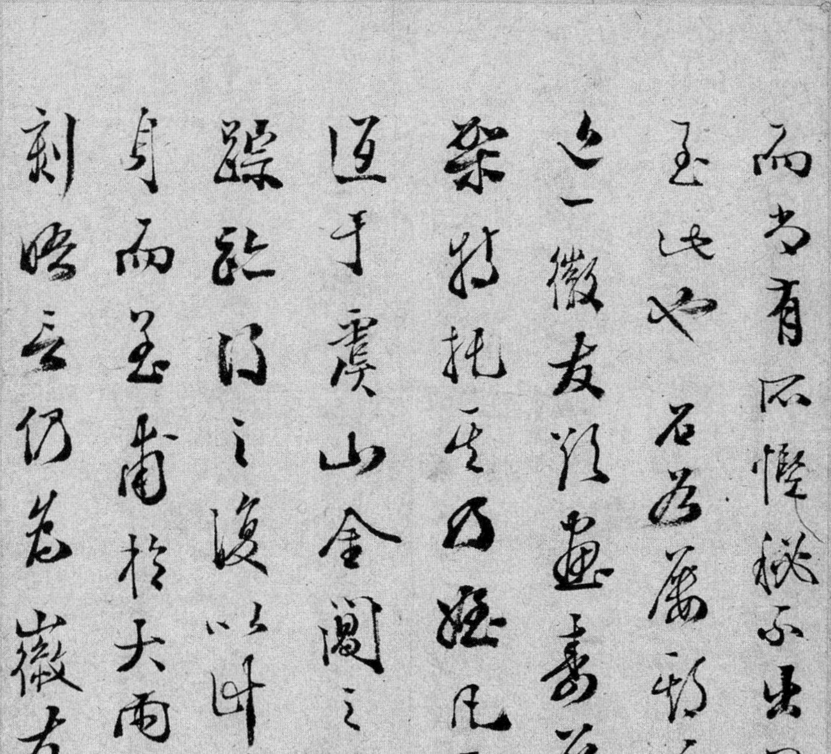
而尤有不悻擬不出君不
至此也 若為廢歲以来
之一徵友復盡壽府二
架特托惡乃姪凡三性
道于虞山金閣之百如
蹤跡同之後以此贈子
身而至甫於大雨中片
刻贈云何爲 徽友換

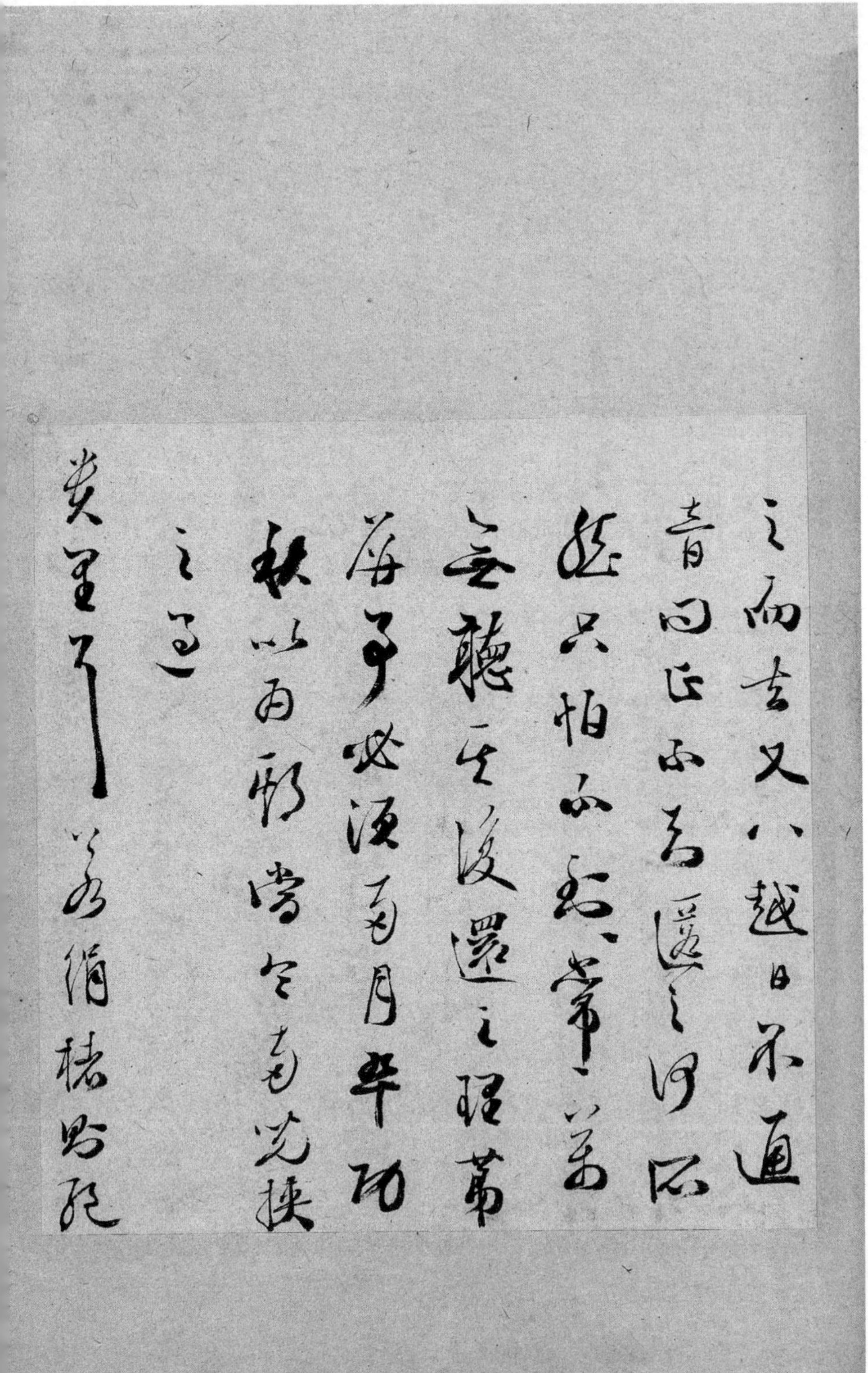

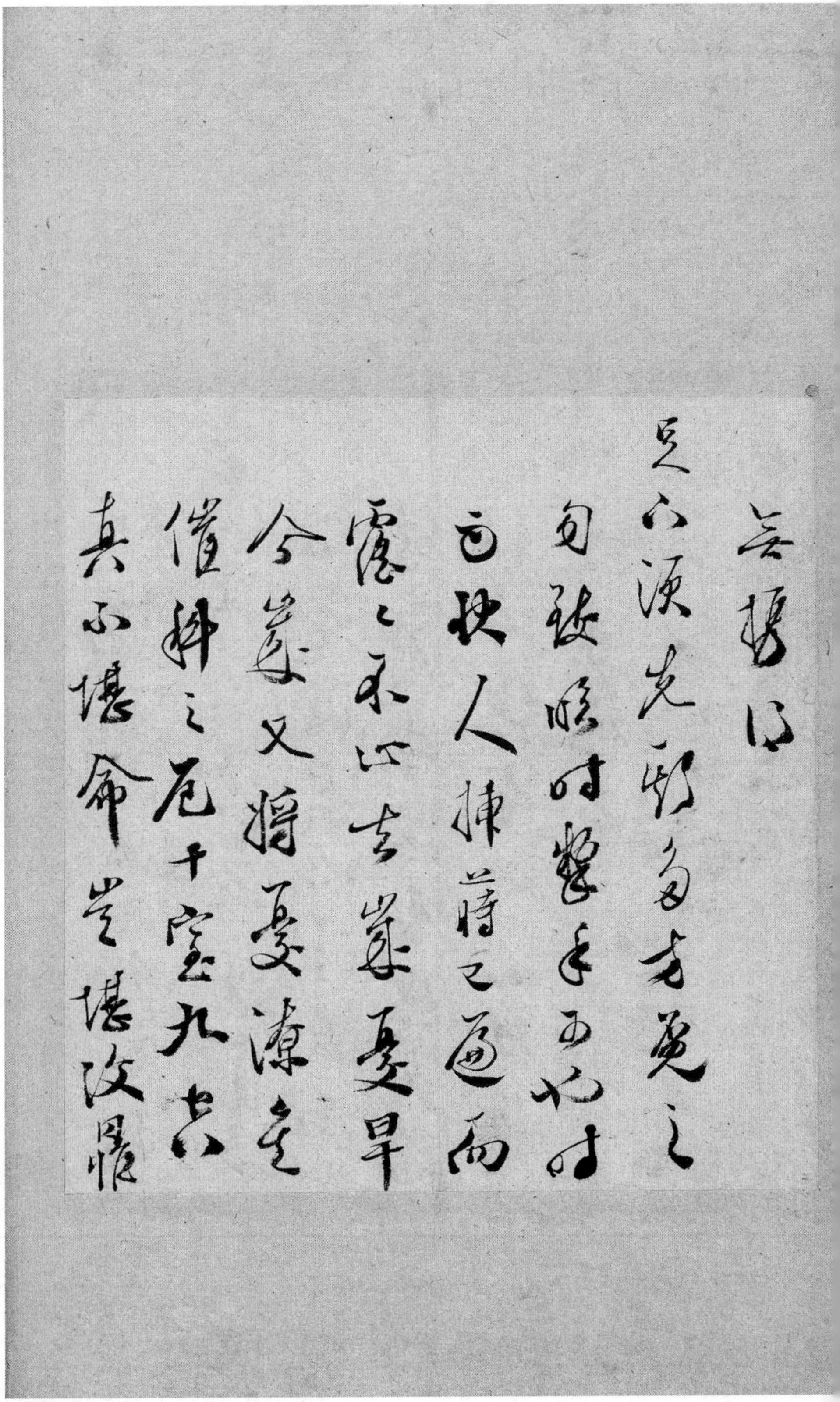

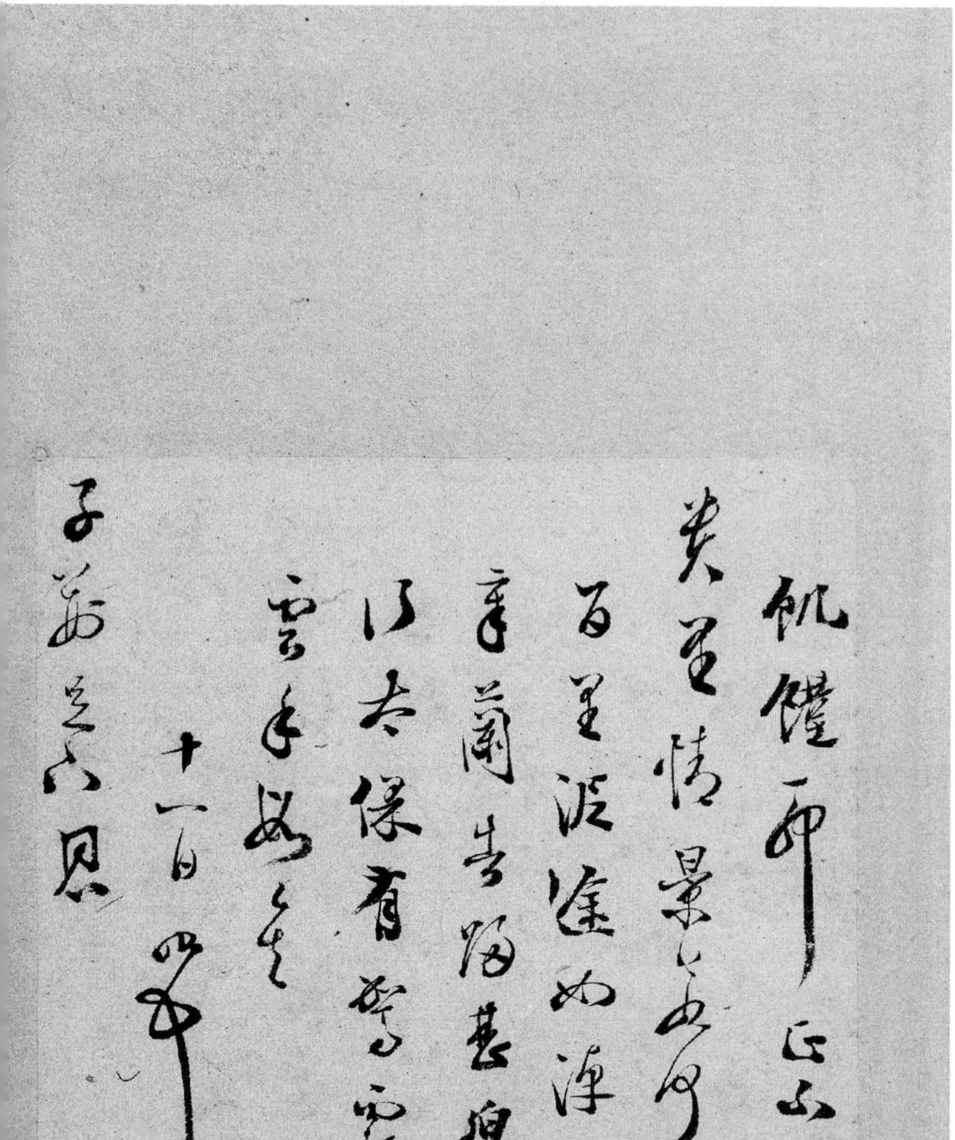

國家出版基金資助項目
國家社會科學基金重大招標項目（16ZDA174）

國家出版基金項目

詹福瑞　陳紅彦　主編

分門纂類唐歌詩

國家圖書館藏宋刻本

歷代唐詩珍稀選本彙編

（唐宋金元卷）

35

鳳凰出版社

圖書在版編目（CIP）數據

分門纂類唐歌詩：國家圖書館藏宋刻本／詹福瑞，陳紅彦主編. -- 南京：鳳凰出版社，2025. 3. --（歷代唐詩珍稀選本彙編）. -- ISBN 978-7-5506-4407-6

Ⅰ. I222.742

中國國家版本館CIP數據核字第2025NY4475號

書　　名　分門纂類唐歌詩（國家圖書館藏宋刻本）
主　　編　詹福瑞　陳紅彦
責任編輯　李相東　姜　嵩
裝幀設計　姜　嵩
責任監製　程明嬌
出版發行　鳳凰出版社（原江蘇古籍出版社）
　　　　　發行部電話025-83223462
出版社地址　江蘇省南京市中央路165號，郵編：210009
照　　排　南京新華豐製版有限公司
印　　刷　金壇古籍印刷廠有限公司
　　　　　江蘇省金壇市晨風路186號，郵編：213200
開　　本　718毫米×1005毫米　1/16
印　　張　54.25
版　　次　2025年3月第1版
印　　次　2025年3月第1次印刷
標準書號　ISBN 978-7-5506-4407-6
定　　價　580.00圓（全二册）

目次

分門纂類唐歌詩

《分門纂類唐歌詩》提要

《分門纂類唐歌詩》一百卷①，宋趙孟奎編。趙孟奎（生卒年不詳），字文耀，湖州（今屬浙江湖州）人，宋太祖十一世孫。寶祐四年（一二五六）文信國榜進士，官至秘閣修撰。著有《聞見善善録》一卷，已佚。

此集成書於宋度宗咸淳元年（一二六五），分類編纂，包括天地山川類三十二卷、朝會宮闕類八卷、經史詩集類三卷、城郭園廬類二十卷、仙釋觀寺類十二卷、服食器用類十一卷、兵師邊塞類二卷、草木蟲魚類十二卷，每類下又分若干小類。據趙氏自序，其編此書乃有感於前代選集皆有所去取，『非集録之大全』，『諸家不可盡見』，於是『發吾家藏，手出鑃目，合訂分類，志成此編』，『旁收逸墜，募致平生所未見者』，共得『一千三百五十三家，四萬七百九十一首』。可知此書意在搜集當時所見之唐詩，所録詩篇數量龐大，幾與清編《全唐詩》相當，具有總集的性質。而其依照主題分類編列，則又不乏編選之意。其分門纂類之編次方法，亦對後世影響不小。

此書很早便散佚，至明末清初已衹存十一卷左右，且傳本罕見。乾隆年間修纂《四庫全書》便未曾收録此書，至嘉慶初年阮元纔訪得殘本十一卷，進呈朝廷，刻入《宛委别藏》之

① 按，全書一百卷之數所據爲傳世宋刊殘本卷首毛扆所補抄《總目》。近年陳尚君先生對此説提出懷疑，根據現存各卷所收詩歌數量和趙孟奎序文所載收詩凡『四萬七百九十一首』相比較，推斷全書總卷數或在三百卷左右。詳見陳尚君《述國家圖書館藏〈分門纂類唐歌詩〉善本三種》，載於《文獻》二〇一〇年第四期。

中。殘本雖衹存原書十分之一，然多存古書之貌，亦頗具文獻價值。清初曹寅編《全唐詩》便曾取材於此。

此書現存版本中以宋刻殘本爲最早。據此本卷末所附毛扆《書趙孟奎唐歌詩後》，錢謙益家曾藏有兩部宋刻，其一存卷近全書之半，卷首有序目，爲自内府流出者，毁於順治七年（一六五〇）絳雲樓大火；另一部轉歸毛晉，即傳世之宋刻殘本，存十一卷，卷首序目原缺，毛晉據錢氏所藏另一本補抄。此後諸本皆從此宋刻殘本而來，包括汲古閣影宋抄本、曹寅影宋抄本、吴騫舊藏清抄本、《宛委别藏》刻本等數種。其中曹寅影宋抄本現藏於山東省博物館，書中有曹寅手跋，述其康熙四十三年（一七〇四）因修纂《全唐詩》自毛扆借得宋刻殘本之事，可知此本爲宋刻殘本之録副本，行款一如其舊。後遞經富察昌齡、查瑩、柴瑞周等人收藏。《宛委别藏》本是清代諸本中比較特殊的一種。爲了使進呈本看起來較爲規整、便於御覽，阮元對原本做了不少修改，『篇章缺失者徑删之，目録不完者以意補之，甚者彌縫殘缺，俾充完卷，增損行幅，使接後文；其難於改飾者，則易其行格，别録成帙』。因此《宛委别藏》本已遠非原書之貌①。

本次選擇宋刻本、汲古閣影宋抄本、吴騫舊藏清抄本三種影印。

① 傅增湘著《藏園群書題記》卷十九，上海古籍出版社一九八九年版，第九五一至九五三頁。按，《宛委别藏》的改動，陳尚君《述國家圖書館藏〈分門纂類唐歌詩〉善本三種》也有所討論，亦可參考。

宋刻本（國家圖書館藏，書號：三七三七），存十一卷，含天地山川類五卷、草木蟲魚類六卷。十二册。每半葉十行，行十八字，白口，左右雙邊。版心上方記字數，下方偶記刻工，如葉、張、馬良、文、徐、繆、林、詹、東、良甫、思恭、蔡等。版心鐫刻類目卷次，如『天地山川類卷幾』，然而卷數處多殘缺。各卷首尾亦多闕。因此，嚴元照曾指出『宋刻書殘本往往爲書估割去卷數，甚則去其首尾兩葉。此書存者於全書僅十之二，猶思作僞割去首尾，幾及半部。古書經劫，良可歎也』（見此本第五册首葉）。也因此，原書卷次等仍有待考察。此本字體端整，刻印精美，《中國版刻圖録》鑒定其爲浙刻本，指出此書『紙簾細薄，極似陳氏經籍鋪刻本《江湖小集》，行款亦同，因疑此書爲陳氏經籍書籍鋪刻本』。雖是殘卷，却彌足珍貴。

此本中有嚴元照題識數則，位於書前護頁和第五册之首。全書末有毛扆跋識二則及《略疏隱僻姓名》《附録葉文莊公書唐歌詩後》；又有嘉慶七年（一八〇二）顧廣圻觀書跋、嘉慶十六年（一八一一）倪稻孫觀書跋；又附清初王善長致毛十相公、唐孔明致于子荆書札兩通，都是毛扆尋訪《分門纂類唐歌詩》完帙的珍貴史料。

卷内鈐有『建安楊氏傳家圖書』『沈與文印』『東吴毛晉』『毛扆之印』『西河季子之印』『白堤錢聽默經眼』『元照私印』『香修』『張氏秋月字香修一字幼憐』『芳菽堂印』『何

元錫借觀印』『汪士鍾印』『閬源真賞』『鐵琴銅劍樓』諸印。據該書序跋及書中留存諸印可知，此書遞經建安楊氏、沈與文、錢謙益、毛晉毛扆父子、錢聽默、嚴元照、汪士鍾、瞿氏鐵琴銅劍樓等名家收藏，嚴元照姬妾張秋月，友人顧廣圻、何元錫、倪稻孫等人曾寓目賞鑒。

汲古閣影宋抄本（國家圖書館藏，書號：八五九〇），存七卷，含天地山川卷十八、二十□，草木蟲魚卷三、五、六、七、八。七册。行款及版心文字皆與前述宋本同。書前亦有趙孟奎序及總目，卷末有毛扆跋及《附録葉文莊公書唐歌詩後》。摹寫細緻精美，宋刻避諱字一仍其舊。然文字與宋本略有差異，如陸龜蒙詩《曉次神景宫》『飯薦七白蔬』句，此本作『飯薦十白蔬』；王貞白《泛鏡湖□□》，宋本因殘損僅存『泛鏡』二字，此本作『泛鏡湖』；張九齡《經江寧覽舊迹至玄武湖》，宋本因殘損缺字較多，此本多已補入。可見影抄時，毛扆還曾依據其他文獻對宋本殘損文字略加補正。此本中鈐有『毛扆之印』『西河季子之印』『斧季』『周暹』諸印，知經毛扆、周暹收藏。

清抄本（國家圖書館藏，書號：四七一九），存十一卷，四册，行款與前述宋本同，未摹版心文字。抄工精美，字迹清晰。文字與宋本基本一致，僅有一處不同，即天地山川類中李涉的《春山三竭來》三首（其中第一首不全），以及張籍、白居易《秋山》各一首，宋刊本置於王績『題黄頰山壁』詩後，而此本則置於薛濤《題從生山壁》後。

此本爲馬氏小玲瓏山館舊藏。汲古閣影宋抄本嚴元照題識曾提到此本：『予家尚有馬氏小玲瓏山館所藏舊抄本六册，欠葉欠字與此本同，即從此録出者。序跋亦全，唯欠末後王、唐兩札。』後又歸吴騫、唐翰題插架。書内鈐有『新坡鄉校』『拜經樓吴氏藏書印』『寶靈通』『露鈔雪購』『醉花庵主』『事學鍾離存義概書求宛委續餘編』『小桐溪上人家』『吴騫五十字曰槎客』『鷦安校勘秘籍』諸印。卷末又有吴騫、唐翰題跋識，述此本之遞藏由來，兼及此書之價值。

（孫欣欣）

分門纂類唐歌詩 一

國家圖書館藏宋刻本

虎邱山邊放櫂遲殷勤搜訪唐歌詩古香入手何掩藹牙籤錦贉精裝池
楮墨輕虛不敢觸憐若美人珍若玉借問誰家清祕藏琴川毛氏曾收錄天
府儲藏付六丁人間掇拾更零星西河季子求全袠佳語流傳絕可聽過
眼煙雲經幾度殘書尚有精靈護短箋長跋粲然存標題印記驚如故
風雨篷窗展轉看歸來插架充奇觀何須百卷供清賞大美從來總忌
完

乾隆癸丑予有浮梁之行經過虎邱向萃古齋購此書作詩紀事久未錄
出兩西清暇取以消遣每冊鈐以待兒香修小印并錄詩以卷端計
此書之歸余已十有一年矣嘉慶八年五月十六日修能嚴書

趙孟奎分門纂類唐歌詩

余姬張香修名秋月江南郡門人柔婉明慧余以
十六歲侍戚氏重修之義名字之曰香修余妻良清以
其不字納憐字之用好皆有詩詞贈遺余彙錄成帙
良清名之曰簪花小集又刻小印一方長箋穠札帖尾
書頌律之用之仁和宋茗香盟一叔題以簪花集首一
詩云頭銜合署校書郎小印紅鈐盟古書從此添
傳播當時美人親手爲詩章印摘存字以傳之
人書必知[illegible]書修者五月廿八日雨窗修[illegible]潛書

詩源於情性之正其來久矣人不能無樂樂斯詠詠斯嗟詩以興焉世有升降情性無古今詩未嘗泯也夫子删詩定取三百篇以爲經雅頌之音鏗天地動鬼神一時從臣才藝固足辦此列國之風婦人女子小夫賤隸片善寸美俱所不弃商頌僅五篇以那爲首正考父得於周太師夫子汲汲存之雖左氏所載逸詩如茅鴟祈招之類亦太山一毫芒耳非採星宿遺羲娥也然亦詩非夫子不敢删删之者僭聚流成海聚寶成山聚一代之詩而成集殆取是耳唐文爲

一王法而詩尤工杜子美李太白韓退之柳子
厚人誦其言家有其集不必類聚而傳也閒有
一唫一詠散落人寰殘碑斷碣異聞雜紀何可
勝計嘗鼎一臠固知其美終不若過屠門大嚼
之爲快是集之編蒐羅包括靡所不備凡唐人
所作上自聖製下及俚歌郊廟軍旅宴饗道塗
感事送行傷時弔古慶賀哀挽遷謫隱淪宮怨
閨情閑居邊思風月雨雪草木禽魚莫不類聚
而畊分之雖不足追思無邪之盛要皆由人心
以出非盡背於情性之正者也昔荆公嘗選唐

人三百家爲一集名曰詩選姚鉉作唐文粹序
亦謂有唐詩類選英靈間氣極玄又玄等集皆
有去取於其間非集録之大全也雪林李君龔
嗜唐詩窮一生以爲工予既畢舉子業　先公
俾學詩每相與講論歎諸家不可盡見因發吾
家藏手出鎠目合訂分類志成此編宦轍東西
軸囑李君足成之旁收逸墜募致平生所未見
者得一千三百五十三家四萬七百九十一首
大略備矣列爲若干卷蓋首尾十餘年而後畢
繕而藏之予懼成之之難而失之之易也行必

擕以自隨公暇時復倒篋繙閱因謀鋟梓度焉
後之覽是集者如入建章而睹千門萬户之富
動心駭目迷不知其所從若夫嗜截而雋其永
啜醴而咀其醇則在君子之自得而已咸淳改
元正月十五日趙孟奎書

總目

天地山川類卷第一　　趙孟奎　分門纂類

唐歌詩一

卷第二　二

卷第三　三

朝會宫闕類卷第一　三十三

卷第十一	五十四
卷第十二	五十五
卷第十三	五十六
卷第十四	五十七
卷第十五	五十八
卷第十六	五十九
卷第十七	六十
卷第十八	六十一
卷第十九	六十二
卷第二十	六十三

天地山川類卷第　趙孟奎分門纂

類唐歌詩

曉類

曉　曉思

曉望　曉發

曉行　板橋曉別

曉起　曉坐

春曉

雜題

曉至園中　石城曉

東樓曉　晚過伊水
曉感　待旦
朝　春早
早興　早起
早行　早歸

雜題

欲曙　初起
晏起　晚
晚思　晚興
晚望　晚眺

晚步　晚泊

晚帰　日暮

暝　雜題

曉

權德輿

曉風揺五兩殘月暎石壁稍稍曙光開片帆在

空碧

成文幹

列宿回元朝北極奕神睎露滴樓臺佳人卷箔

臨階砌笑指庭花昨夜開

詠曉　　韋應物

軍中始吹角城上河初落深沉猶隱帷晃朗先

分閤

　　温庭筠

蟲歇紗窻静鵶散碧梧寒稍驚朝珮動猶傳清

漏殘亂珠凝燭淚微紅上露盤搴衣復理鬢餘

潤拂芝蘭

望曉詞

　　施肩吾

攬衣起兮望秋河濛濛遠霧飛輕羅蟠桃樹上

日欲出白榆枝畔星無多

將曉

杜甫

石城除擊柝鐵鎖欲開關鼓角悲荒塞星河落

曉山巴人常小梗蜀使動無還垂老孤帆色飄

飄犯百蠻

軍吏回官燭舟人自楚歌寒沙蒙薄霧落月去

清波壯惜身名晚衰慙應接多歸朝日簪笏筋

力定如何

曉光詞

施肩吾

日輪浮動羲和推東方一軋天門開風神爲我

掃煙霧四海蕩蕩無塵埃

江上吟曉

王貞白

一葉野人舟長將載酒游夜來吟思苦江上月

華秋曉露滿紅蓼輕波颭白鷗漁翁似有約相

伴釣中流

曉歌

莊南傑

鵾鷄哭樹星河轉海上金烏翅如電嫦娥斂髮綰雲頭玉女舒霞織天面九土厨煙滿城邑商洛隴頭車馬急魏宫鐘動繡窗明憂娥驚對殘燈立

曉思

王建

曉氣生緑水春條露靡靡林間棲鳥散遠念征人起幽花宿含彩早蝶寒弄翅君行非晨風詎能從門至

山村曉思

一　　于濆

開門省禾黍隣翁水頭住今朝南澗波昨夜西

川雨牧童披短簑腰笛期煙渚不問水邊人騎

牛傍山去

碧澗驛曉思

温庭筠

香燈伴殘夢楚國在天涯月落子規歇滿庭山

杏花

曉望

杜甫

白帝更深盡陽臺曉色分高峰寒上日疊嶺宿霾雲地坼江帆隱天清木葉聞荆扉對麋鹿應共爾爲羣

翁承賛

清霜散漫似輕嵐玉闕參差萬象涵獨上秦臺最高處舊山依約在東南

李咸用

露驚松上鶴曉色動扶桑碧浪催人老紅輪照物忙世情隨日變利路與天長好駕艉船去陶

陶入醉鄉

劉乙

地祇逃秀境神化或般雷裂漢媧補合高峰劒
躍開即今新定業何世不遺才若是浮名道須
言有禍胎

舟中曉望

孟浩

掛席東南望青山水國遥舳艫爭利涉來往任
風潮問我今何適天台訪石橋坐看霞色曉疑
是赤城標

湘江曉望

熊皎

笙歌歡罷散離筵水色朦朧蘸宿煙山響踈鐘
何處寺火光收釣下灘船微雲過島侵斜月古
岸平江浸遠天歸夢已闌風色動孤帆仍要住
無緣

潤州顯濟閣曉望

韋莊

清曉水如鏡隔江人似鷗遠煙藏海島初日照
揚州地壯孫權氣雲凝庾信愁一逢何處客吟

凭釣魚舟

貴池曉望

羅隱

稂莠參天翦未平且乘孤棹且行行計踈狡兎

無三窟羇甚賓鴻欲一生合眼亦知非本意傷

心其柰是多情前溪好泊誰爲主昨夜沙禽占

月明

華下霽後曉眺

翁承賛

結茆幽寂近禪林霽景烟光著柳陰千嶂華山

雲外秀萬重鄉思望中深老嫌白髮還偷鑷貧
對春風亦強吟花畔水邊人不會騰騰閑步一
披襟

曉發　賀知章

江皐聞曙鐘輕曳履還舺海潮夜漠漠川霧晨
溶溶始見江上釣猶埋雲外峰故鄉杳無際明
發懷朋從

又

故鄉杳無際江皐聞曉鐘始見沙上鳥猶埋雲

外峰

姚鵠

旅行宜早發況復是南歸月影緣山盡鐘聲隔
浦微殘星螢共失落葉鳥和飛去去渡南浦村
中人出稀

褚載

貪路貪名須早發枕前無計暫徘徊饒聞雞唱
呼童起已有鈴聲過驛來衣濕乍驚沾霧露馬
行仍未見塵埃朝朝陌上侵星去待得酬身了
便回

唐求

旅館候天曙整車趨遠程幾處曉鐘斷半橋殘月明沙上鳥猶在渡頭人未行去去古時道馬嘶三兩聲

途中曉發

崔曙

曉發長風裏勞歌赴遠期雲輕歸海疾月滿下山遲旅望因高盡鄉心遇物悲故林遥不見況在落花時

曉發蕭關

王貞白

遠行自早發邊城曉色間數鴻寒背磧片月落臨關隴上明星沒沙中夜探還帰程不可計幾日到家山

曉行

劉得仁

萬類半已動此心寧自安月沉平野盡星隱曙空殘馬渡横流廣人衝薄霧寒還思猶夣者不信早行難

板橋曉別

李商隱

迴望高城落曉河長亭窻户壓微波水仙欲上鯉魚去一夜芙蓉紅淚多

曉起　李商隱

擬盃當曉起呵鏡可微寒隔箔山櫻熟褰帷桂燭殘書長爲報晚夢好更尋難影響輸雙蝶偏過舊畹蘭

宿東巖寺曉起　薛瑩

野寺寒塘曉游人一夢分鐘殘數樹月僧起半巖雲宿鳥驚初見幽泉落不聞吟餘凭前檻紅葉下紛紛

曉坐

李商隱

後閤罷朝眠前池思黯然梅應未瑕雪柳自不勝煙遝續淺深緶腸危高下絃紅顔無定所得失在當年

曉坐西齋

韋應物

鼕鼕城鼓動稍稍林鴉去柳意不勝春巖光已知曙寢齋有單祶（一作茅）靈藥爲朝茹盥漱忻景清梵香澄神慮公門自常事道心寧易（一作異）處

春曉

陸龜蒙

春庭曉景列清露花邐迤黃蜂一過慵夜夜棲香蘂

李中

殘燭猶存月尚明幾家幃幌夢魂驚星河漸沒行人動歷歷林梢百舌聲

秋江曉望

皮日休

萬頃湖天碧一星飛鷺白此時放懷望不猒爲

浮客

冬曉呈隣里

盧綸

終夜寢衣冷開門思曙光空堦一蘪葉華室四

隣霜望闕覺天迥憶山愁路荒中途一留滯雙

鬢颯然蒼

雜題

曉至園中憶諸弟崔都水

韋應物

山郭恒悄悄林月亦娟娟景清神已澄一作事謐

簡慮絶牽秋塘徧衰草曉露洗紅蓮不見心所

愛茲賞豈爲妍

石城曉

李賀

月落大堤上女垣棲烏起細露濕團紅寒香解

夜醉女牛渡天河柳煙滿城曲上客留斷纓殘

蛾鬬雙綠春帳依微蟬翼羅横茵突金隱體花

帳前輕繋鶴毛起欲説春心無所似

東樓曉　　白居易

脉脉復脉脉東樓無宿客城暗雲霧多峽深田地窄宵燈尚留熖晨禽初展翮欲知山高低不見東方白

赴京初入汴口曉景即事先寄兵部李郎中　　杜牧

清淮控隋漕北走長安道檣形櫛櫛斜浪態迤迤徒何反好初旭紅可染明河澹如掃澤闊鳥來

遲村飢人語早露蔓蟲絲多風蒲燕雛老秋思
高蕭蕭客愁長裊裊因懷京洛間宦游何戚草
什伍持津梁須湧爭追討剟便去聲詎可尋幾祕
安能考小人乏馨香上下將何禱惟有君子心
顯豁知幽抱

曉過伊水寄龍門僧

司馬札

龍門樹色暗蒼蒼伊水東流客恨長病馬獨嘶
殘夜月行人欲渡滿船霜幾家煙火依村步何
處漁歌似故鄉山下禪庵老師在須將形役問

空王

曉感　　褚載

曉鼓鼕鼕星漢微佩金鳴玉鬭光輝出門各自
争歧路至老何人免是非大道不應由曲取浮
生還要畧知機故園華表高高在可得不如丁
令威

待旦　　李咸用

簷静燕雛語窻虚蟾影過時情因客老歸夢入

秋多蔽日群山霧滔天四海波吾皇思壯士誰

應大風歌

清旦題採藥翁草堂　　温庭筠

幽人尋藥逕來自曉雲邊衣濕术花雨語成松

嶺煙解藤開澗戶踏石過溪泉林外晨光動山

昏鳥滿天

春旦直疏　　王績

春夜猶自長高窻來月明耿耿不能寐振衣步

前楹懷抱甕無擾自覺形神清遐想太古事仡
察今世情淳薄何不同運數之所成歎息萬重
隔巳聞晨雞鳴廻首東南隅[redacted]誰知
忘機者寂泊存其精

凌晨

盧照隣

日掩鴻都夕河低亂箭移蟲飛明月戶鵲遶落
花枝蘭襟帳北壑玉匣鼓文㵎聞有啼鶯處暗
幄曉雲披

寺居清晨

劉復

高枕對曉月衣中清旦涼露華朝未晞滴瀝含
虚光隔竹聞汲井開扉見焚香幽心感衰病結
念依法王青冥早雲飛杳眇空鳥翔此情皆有
釋悠然知所忘

晨起　曹松

曉色教不睡卷簾清氣中林殘數枝月髮冷一
梳風並鳥含鐘語欹河隔霧空莫疑營白日道
路本無窮

許渾

桂樹緑層層風微煙露凝簷楹銜落月幃幌耿
殘燈蘄簟曙香冷越瓶秋水澄心閒即無事何
異住山僧

殘月皓煙露掩門深竹齋水蟲鳴曲檻山鳥下
空階清鏡曉看髮素琴秋寄懷因知北窻客一作
臥日與世情乖

晨興

白居易

宿鳥動前林晨光上東屋銅爐添早香紗籠滅

殘燭頭醒風稍愈眼飽睡初足起坐兀無思叩齒三十六何以解宿齋一盃雲母粥

韓偓

曉景山河爽閑居巷陌清已能消滯念兼得散餘醒汲水人初起迴燈燕暫驚放懷殊未足圓隙已塵生

翁承贊

晨起竹軒外逍遥清興多早凉生戶牖孤月照關河旅食甘藜藿歸心憶薜蘿一罇如有地放意且狂歌

又

鼓絶天街冷霧收曉來風景巳堪愁槐無顔色因經雨菊有精神爲傍秋自愛鮮飈生户外不教閑事住心頭披襟徐步一瀟灑吟遶盆池想狎鷗

晨裝一本作洛中

許渾

帶月飯行侶西游關塞長晨鷄鳴遠戍宿鴈起寒塘雲卷四山雪風凝千樹霜誰家游俠子一作誰家歌舞散沉醉卧蘭堂

秋晨

駱賓王

紫陌炎氣歇青蘋晚吹浮亂竹揺疎影縈池織細流飄香曳舞袖帶[redacted]泛粧樓不分君恩絶紈扇曲中秋

雪霽晨起

李德裕

雪覆寒谿竹風卷野田蓬四望無行跡誰憐孤老翁

朝

杜甫

清旭楚宫南霜空萬嶺含野人時獨往雲木曉

相參俊鶻無聲過飢烏下食貪病身終不動揺

落任江潭

浦汎晨初發郊扉冷未開村蹊黄葉墜野静白

鷗來礎潤休全濕雲晴欲半迴巫山冬可怪昨

夜有奔雷

朝課　白居易

平甃白石渠静掃青苔院池上好風來新荷大

如扇小亭中何有素琴對黄卷蘂珠諷數篇秋

思彈一遍從容朝課畢方與客相見

春早　　韋莊

聞鶯纔覺曉閑戸已知晴一帶牕間月斜穿枕

上生

早興　　白居易

晨光出照屋梁明初打開門鼓一聲犬上階眠

知地濕鳥臨牕語報天晴半銷宿酒頭仍重新

脫冬衣體乍輕睡覺心空思想盡近來鄉夢不
多成
早起
杜甫
春來常早起幽事頗相關帖石防隤岸開林出
遠山一丘藏曲折緩步有躋攀童僕來城市餠
中得酒還
王建
迴燈正衣裳出戶星未稀堂前候姑起環珮生
晨輝暗池光冪歷密樹花葳蕤九成鐘漏絕遥

聽直郎歸　　劉郇伯

鎮靜人猶寢天高月自涼一星深戍火殘月半
橋霜客老愁塵下蟬寒怨路傍青山依舊色宛
是馬卿鄉

楊厚

星漢轉寒更伊余索寞情鐘催婦夢斷鴈引遠
愁生危辟蘭光暗踈簾路氣清閑庭聊一望海
日未分明

賈島

北客入西京北鴈再離北秋寢獨前與天棱星
落織耽翫餘恬爽顱聏輕痾力旅途少顔盡明
鏡勸仙食出門路蹤横張家路最直昨夜夢見
書張家廳上辟

李商隱

風露澹清晨簾間獨起人鶯花啼又笑畢竟是
誰親

曹鄴

月墮滄浪西門開樹無影此時歸夢闌立在梧
桐井

貫休

夜坐還早起寂寥多病身神清尋夢在香極覺花新樹露繁於雨溪雲動似人又知何處客軋軋轉征輪

早起五言三韻

韓偓

萬樹緑楊垂千般黄鳥語庭花風雨餘岑寂如村塢依依官渡頭晴陽照行旅

山中早起

劉乙

雞調扶桑枝秋空隱少微閶雲霞並曜高日月
爭輝若厰開天道同初發帝機以言當代事閑
闕紫宸扉

郵亭早起

李中

郵舍殘燈在村林雞唱頻星河吟裏曉川陸望
中春舊友青雲貴殊鄉素髪新悠悠念行計難
更駐征輪

早入諫院

鄭谷

玉階春冷未催班暫拂塵衣就笏眠孤立小心
還自笑夢魂潛繞御爐煙
紫雲重疊抱春城廊下人稀唱漏聲偷得微吟
斜倚柱滿衣花露聽宫鶯

早行　　王觀

雞唱催人起又生前去愁路明殘月在山露宿
雲收村店煙火動漁家燈燭幽趨名與趨利行
役幾時休

劉駕

馬上續殘夢馬嘶時復驚心孤行多虞僮僕近
我行棲禽未分散落月照古城莫羨居者閑冢
邊人已耕

熊皎

結束何妨早將行四顧頻山前猶見月陌上未
逢人遠樹動宿鳥危橋怯病身漸0明恒自慰應
免復迷津

郭良

早行星尚在數里未天明不辨雲林色空聞風
水聲月從山上落河入斗閒横漸至重門外依

稀見洛城

陸龜蒙

水寒孤棹觸天文直似乘槎去問津縱使碧虛
無限好客星名字也愁人

羅鄴

雨灑江聲風又吹扁舟正與睡相宜無端戍鼓
催前去别却青山向曉時

李咸用

家國三千里中宵筭去程困纔成蝶夢行不待
鷄鳴馬首搖殘月鴉群起古城發來經幾堠村

寺遠鐘聲

秋日早行

韋莊

上馬蕭蕭襟袖涼路穿禾黍繞宮墻半山殘月露華冷一岸野風蓮蕚香煙外驛樓紅隱隱渚邊雲樹暗蒼蒼行人自是心如火兎走烏飛不覺長

關下早行

林寛

軋軋推危轍聽鷄獨早行風吹宿靄散月照華

山明白首東西客黄河晝夜清相逢皆有事惟

我是閑情

商山早行

温庭筠

晨起動征鐸客行悲故鄉鷄聲茅店月人迹板

橋霜槲葉落山路枳花明驛墻因思杜陵夢梟

鴈滿迴塘

早發

李郢

野店星河在行人道路長孤燈憐宿處斜月厭

新裝草色多寒露蟲聲似故鄉清秋無限恨殘
菊過重陽
李紳
沙洲月落宿禽驚湖起風微曉霧生黄鶴浪明
知上信黒龍山暗避前程火旗似辨吴門戍水
驛遥迷楚塞城蕭索更看江葉下兩鄉俱是宦
游情
于濆
緑野含曙光東北雲如茜棲鵶林際起落月水
中見此身何自苦日日凌霜霰流蘇帳裏人猶

在陽臺畔

杜荀鶴

東窻未明塵夢蘇呼童結束登征途落葉鋪霜馬蹄滑寒猿嘯月人心孤時逆帽簷風刮頂旋呵鞭手凍粘鬚青雲快活一未見爭得安閑釣五湖

韋莊

早霧濃於雨田深黍稻低出門鷄未唱過客馬頻嘶樹色遥藏店泉聲暗傍畦獨吟三十里城月尚如珪

羅鄴

一點燈殘魯酒醒已攜孤劒事離程愁看飛雪聞鷄唱獨向長空背鴈行白草近關微有路濁河連底凍無聲此中來往本迢遞況是驅羸客

塞城

羅隱

北去南來無定居此生生計竟何如酷憐一覺平明睡長被雞聲惡破除

早發昭應

項斯

行人見雪愁初作帝鄉游旅店開偏早鄉帆去
未收燈殘催卷席手冷怕梳頭是物寒無色湯
泉正自流

早發故園　　馬戴

語別在中夜登車離故鄉曙鐘寒出岳一作寺殘
月迥凝霜風柳條多折沙雲氣盡黃行逢海西
鴈零落不成行

早發故山作　　馬戴

雲門夾峭石石路蔭長松谷響後相應山深水
復重餐霞人不見一作已往採藥客猶逢獨宿靈潭
側時聞岳頂鐘

早發洛中　　許棠

半夜發清洛不知過石橋雲增中岳大樹隱上
陽遙塹黒初沉月河鳴欲認潮孤村人尚夢無
處暫停橈

早發洞庭　　方干

長天接廣澤二氣共含秋舉目無平地何心戀
直鈎孤鐘鳴大岸片月落中流却憶鴟夷子當
時此泛舟

早發潼關

吴融

天邊月初落馬上夢猶殘關樹蒼蒼曉[redacted]堦澹
澹寒宦遊終自苦身世靜堪觀爭似山中隱和
雲枕碧湍

早發宜陵即事

羅鄴

霜白山村月落時一聲雞後又登歧居人猶自
掩關在行客已愁驅馬遲身事不堪空感激鬢
毛看著欲凋衰青萍委匣休哮吼未有恩儲擬
報誰

早發交崔山還太室

崔曙

東林氣微白寒鳥將高翔吾亦自茲去北山歸
草堂[illegible]朧朧辨少陽春水生積雪野
火出枯桑獨往路難盡窮陰人易傷傷此無衣
客如何蒙雨霜

早發赴洞庭舟中作

白居易

閶門曙色欲蒼蒼星月高低宿水光棹舉影搖燈燭動舟移聲拽管絃長漸看海樹紅生日遙見包山白帶霜出郭巳行十五里唯銷一曲慢霓裳

秋晚早發新定

杜牧

解印書千軸重陽酒百缸涼風滿紅樹曉月下秋江巖壑會歸去塵埃終不降懸纓未敢濯嚴

瀨碧㵾㵾

雨後早發永寧

薛能

春霖朝罷客西東馬足泥聲路未通獨愛千峰
最高處一峰初日白雲中

道中早發

司馬札

野店鷄一聲蕭蕭客車動西峰帶曉月十里猶
相送繁霜滿前道羸馬四蹄重遙羡青樓人錦
衾方遠夢功名不我與孤劒何所用行役難自

休家山憶秋洞

早峄　　元稹

春静曉風微凌晨帶酒歸遠山籠宿霧高樹影朝暉飲馬魚驚水穿花露滴衣嬌鶯似相惱含轉傍人飛

韓偓

去是黄昏後峄當朧䆚時裌衣吟宿醉風露動

相思

雜題

欲曙　元稹

江隄闇暗流漏鼓急殘籌片月低城堞稀星轉角樓鸛媒華表上鵶鳰柳枝頭不爲來趨府何因欲曙遊

東方未明　韓愈

東方未明大星沒獨有太白配殘月嗟爾殘月勿相疑同光共影須臾期殘月暉暉太白睒睒鷄三號更五點

初起　　李商隱

想像咸池日欲光五更鐘後更迴腸三年苦霧巴江水不爲離人照屋梁

晏起　　劉得仁

日過辰時猶在夢客來應笑也求名浮生自得長高枕不向人間與命爭

早送舉人入試　　白居易

夙駕送舉人東方猶未明自謂出太早已有車
馬行騎火高低影街鼓參差聲可憐早朝者相
看意氣生日出塵埃飛羣動亙營營營營各何
求無非利與名而我常晏起虛住長安城春深
官又滿日有歸山情

晚　　杜甫

杖藜尋晚巷炙背近墻暄人見幽居僻吾知拙
養尊朝廷問府主耕稼學山村歸翼飛棲定寒
燈亦閉門

權德輿

古樹夕陽盡空江暮靄收寂寞扣船坐獨生千里愁

向晚

李商隱

當風横去幰臨水卷空帷北土鞦韆罷南朝祓禊歸花情羞脉脉柳意悵微微莫歎佳期晚佳期自古稀

晚景

子蘭

池荷衰颯菊芬芳策杖吟詩向草堂滿目暮雲
風卷盡郡樓寒角數聲長

西山晚景

王周

公局長清淡池亭晚景中蕉竿閑倚碧蓮朶靜
淹紅半引彎彎月微生飋飋風無思復無慮此
味幾人同

又

一片殘陽景朦朧淡月中蘭芽紆嫩紫棃頰扶
生紅琴阮資清格冠簪養素風煙霄半知已吏

隱少相同

晚思　司空圖

蛩餘窻下月草濕堦前露晚景淒我衣秋風入何樹

高蟾

廛泉冬〻恨由來短楊葉春期分外長惆悵浮生不知處明朝依舊出滄浪

陜西晚思　羅隱

长途已自穷此去更西东树色荣衰里人心往
返中别情流水急归意故山空莫忘交游分从
来事一同

晚興

白居易

極浦收殘雨高城駐落暉山明虹半出松闇鶴
雙歸將吏隨衙散文書入務稀閑吟倚新竹筠
粉汙朱衣

又

草淺馬翩翩新晴薄暮天柳條春拂面衫袖醉

垂鞭立語花堤上行吟水寺前等閑消一日不覺過三年

送客迴晚興　　白居易

城上雲霧開沙頭風浪定參差亂山出澹泞平江淨行客舟已遠居人酒初醒嫋嫋秋竹梢巴蟬聲似磬

山中晚興寄裴侍御　　司馬札

雷息疎雨散空山夏雲晴南軒對林晚籬落新

蛩鳴白酒一樽滿坐歌天地清十年身未閑心
在人間名永懷君親恩久賤難退情安得蓬丘
侶提攜採瑤英

晚望　白居易

江城寒角動沙洲夕鳥還獨在高亭上西南望
遠山

裴夷直

日下夕陰長前山𡼏積翠白鳥一行飛聯聯粉
書字

貫休

曠望危橋上微吟落照前煙霞濃浸海川岳闊連天白鳥格不俗孤雲態可憐終朝將爾輩歸去舊江邊

霅溪西亭晚望

張籍

霅水碧悠悠西亭柳岸頭夕陰生遠岫斜照逐迴流此地動歸思逢人方倦遊吳興耆舊盡空見白蘋洲

西原晚望

白居易

花菊引閑行行上西原路原上晚無人因高聊
四顧南阡有烟火北陌連墟墓村隣何蕭踈近
者猶百步吾廬在其下寂寞風日暮門外轉枯
蓬籬根伏寒兎故園汴水上離亂不堪去近歲
始移家飄然此村住新屋五六間古槐八九樹
便是衰病身此生終老處

秋原晚望

楊淩

客鴈秋來次第逢家書頻寄兩三封夕陽天外

雲歸盡亂見青山無數峰

涇川野居晚望

劉得仁

地極接穹蒼西維落太陽泉聲入深稻山色出

南崗風起蘆兼荻煙生柘與桑歸來坐幽石半

辟冷蟾光

東門晚望

司馬札

青門聊極望何事久離羣芳草失歸路故鄉空

暮雲信回陵樹老夢斷灞流分兄弟正南北鴻

聲堪獨聞

白鹿原晚望

馬戴

滻曲鴈飛下秦原人葬回丘墳與城闕草樹共

壓埃

龜山寺晚望

張蠙

四面湖光絶路歧鸂鶒飛起暮鐘時漁舟不用

懸帆席歸去乗風插柳枝

河梁晚望

子蘭

水勢滔滔不可量漁舟容易泛滄浪連山翠靄
籠沙漵白鳥翩翩下夕陽
雨添一夜秋濤闊極目茫茫似接天不知龍物
潛何處魚躍蛙鳴滿檻前

江城晚望

劉滄

一望江城思有餘遙分野徑入樵漁青山經雨
菊花盡白鳥下灘蘆葉踈静聽潮聲寒木杪遠
看風色暮帆舒秋期又涉潼關路不得年年向

此居

金陵晚望

高蟾

曾伴浮雲歸晚翠猶陪落日汎秋聲世間無限

丹青手一片傷心畫不成

秋日北固晚望

高蟾

風含遠思翛翛晚日照高情的的秋何事滿江

惆悵水年年無語向東流

澤國路歧當面苦江城砧杵入心寒不知白髮

誰醫得爲問無情歲月看

蒲中霽後晚望

薛能

河邊霽色無人見身帶春風立岸頭濁水茫茫

有何意日斜還向古蒲州

村中晚望

陸龜蒙

抱杖柴門立江村日易斜鴈寒猶憶侶人病更

離家短髮看成雪雙眸舊有花何須千里外即

此是天涯

湖州晚望

吴融

鼓角迎秋晚韻長斷虹踈雨間微陽兩條溪水分頭碧四面人家入骨涼獨鳥歸時雲鬭逈殘蟬急處日爭忙他年若得壺中術一簇汀洲盡貯將

僕射陂晚望

羅鄴

離人到此倍堪傷陂水蘆花似故鄉身事未知何日了馬蹄惟覺到秋忙田園牢落東歸晚道

路辛勤此去長却羡無愁是沙鳥雙雙相趂下
斜陽

南徐晚望

褚載

芳草鋪香晚岸晴岸頭沽醉去來行僧歸岳外
殘鐘寺日下江邊調角城入淛孤帆知楚信過
淮踈雨帶潮聲如今未免風塵役寧敢怱怱便
濯纓

京中晚望

羅隱

心如野鹿跡如萍漫向人間性一靈往事不知
多少夢夜來和酒一時醒

晚眺　　羅隱

凭古城邊眺晚晴遠村高樹轉分明天如鏡面
都來淨地似人心總不平雲向嶺頭閑不徹水
流溪裏太忙生誰人得及莊居老免被縈枯寵
辱驚

孟賓于

倚杖殘秋裏吟中四顧頻西風天際鴈落日渡

頭人草色衰平野山陰斂暮壓却尋苔徑去明
月照村隣

崔耿

江溶流落景山色凝暮煙衰髮照秋日壯心緘
昔年愁吟長抱膝孰許高高天

北固晚眺

竇常

水國芒種後梅天風雨涼露蠶開晚簇江燕繞
危檣山趾北來固潮頭西去長年年此登眺人
事幾銷亡

別後西陵晚眺

元稹

晚日未抛詩筆硯夕陽空望郡樓臺與君後會

知何日不似潮頭暮却迴

晚眺有懷

馬戴

點點抱離念曠懷成怨歌高臺試延望落照在

寒波此地芳草歇舊山喬木多悠然暮天際但

見鳥相過

早春錢塘湖晚眺

張祜

落日下林坂撫襟睇前蹤輕澌流迴浦殘雪明高峰仰視天宇曠俯登雲樹重聊當問眞界昨夜西巒鐘

南昌晚眺一作與

韋莊

南昌城郭枕江煙章水悠悠浪拍天芳草緑遮仙尉宅落霞紅襯賈人船霏霏閣上千山雨嘒嘒雲中萬樹蟬惟得地多章句客庾家樓在斗牛邊

晚登郡閣

韋應物

悵然高閣望，已掩東城關。春風偏送柳，夜景欲沉山。

晚步

劉得仁

野步晚悠悠，山光澹早秋。遠空淪日脚，多稼没人頭。古木蟬齊噪，深塍水慢流。幽居廻不近，秋筞却堪愁。

姚揆

陋巷貧疑本姓顔晚來閑步出林間數聲長笛
吹沈日一片殘雲點破山島寺漸疎敲石磬漁
家方半掩柴關遲迴從此搜吟久待得溪頭月
上還

村晚閑步

劉得仁

緩步出居處過原邊鴈行夕陽接草木遠水映
蒼茫野寺因蟾宿雲溪斸藥嘗蕭條霜景暮極
目盡堪傷

暮行河堤上

韓愈

暮行河堤上四顧不見人衰草際黄雲感歎愁
我神夜歸孤舟卧展轉空及晨謀計竟何就嗟
嗟世與身

秋日江東晚行

姚揆

迢迢驅馬過江東此際令人恨莫窮一撮秋煙
堤上白半輪殘日嶺頭紅路歧滋味猶如舊鄉
曲聲音漸不同含思看看到梁苑盡樓絲竹徹
遥空

秋夜晚泊　杜荀鶴

一望一蒼然蕭騷起暮天遠山横落日歸鳥度平川家是去秋别月當今夕圓漁翁自相伴徹曉葦叢邊

舟行晚泊江上寺　杜荀鶴

久勞風水上禪客喜相依挂衲雖無分修心未覺非日沉山虎出鐘動寺禽歸月上潮平後談空漸入微（水一作雨 空一作玄）

汴上晚泊

吳融

亭上風猶急橋邊月已斜柳寒難吐絮浪濁不成花歧路春三月園林海一涯蕭然正無寐夜櫓莫咿啞

江山晚泊

左偃

寒雲淡淡天無際片帆落處沙鷗起水闊風高日復斜扁舟獨宿蘆花裏

霅溪晚泊寄裴庶子

羅隱
溪風如扇雨如絲閑步閑吟柳惲詩盃酒疎狂
非曩日野花狼藉似當時道窮漫有依劉感才
急應無借寇期滿眼雲山莫相笑與君俱是受
深知
吳門晚泊寄句曲道友
羅隱
採香徑在人不留採香徑下停葉舟桃花李花
鬭紅白山鳥水鳥自獻酬十萬梅銷空寸土三
分孫策竟荒丘未知到了關身否笑殺雷平許

遠游

湖亭晚歸

白居易

盡日湖亭卧心閑事亦稀起因殘醉醒坐待晚
涼歸松雨飄藤帽江風透葛衣柳堤行不厭沙
軟絮霏霏

東城晚歸

白居易

一條邛杖懸龜榼雙角吴童控馬銜晚入東城
誰識我短靴低帽白蕉衫

晉昌晚歸馬上贈

李商隱

勇多侵路去恨有礙燈還嗅自微微白看成沓沓穀坐來疑物外歸去有簾間君問傷春句千辭不可删

街西晚歸

鄭谷

御溝春水繞閒坊信馬歸來傍短墻幽榭名園臨紫陌晚風時帶牡丹香

日晚歸山詞

施肩吾

虎跡新逢雨後泥無人家處洞邊溪獨行歸客

晚山裏賴有鷓鴣臨路岐

暮歸

白居易

不覺百年半何曾一日閑朝隨燭影出暮趁鼓

聲還甕裏非無酒墻頭亦有山歸來長困卧早

晚得開顔

日暮

杜甫

日落風亦起城頭烏尾訛黄雲高未動白水已

揚波羗婦語還哭胡兒行且歌將軍別換馬夜

出擁雕戈

又

牛羊下來久各已閉柴門風月自清夜江山非

故園石泉流暗壁草露滴秋根頭白燈明裏何

須花燼繁

薄暮

杜甫

江上最深地山雲薄暮時寒花隱亂草宿鳥擇

深枝舊國見何日高秋心苦悲人生不再好鬢髮白成絲

暝

杜甫

日下四山陰山庭嵐氣侵牛羊歸徑險鳥雀聚枝深正枕當星劍收書動玉琴半扉開燭影欲掩見清砧

山居秋暝

王維

空山新雨後天氣晚來秋明月松間照清泉石

上流竹喧歸浣女蓮動下漁舟隨意春芳歇王
孫自可留
建昌渡暝吟
韋莊
月照臨官渡鄉情獨浩然鳥棲彭蠡樹月上建
昌船市散漁翁醉樓深賈客眠隔江何處笛吹
斷緑楊煙
馬上晚吟
白居易
人少街荒已寂寥風多塵起重蕭條上陽落葉

飄宮樹中渡流澌擁渭橋出早冒寒衣校薄歸
遲侵黑酒全消如今不是閑行日日短天陰坊
曲遥

暮立

白居易

黄昏獨立佛堂前滿地槐花滿樹蟬大抵四時
心揔苦就中腸斷是秋天

黄州暮愁

項斯

凌澌衝淚眼重疊自西來即夜寒應合非春暖

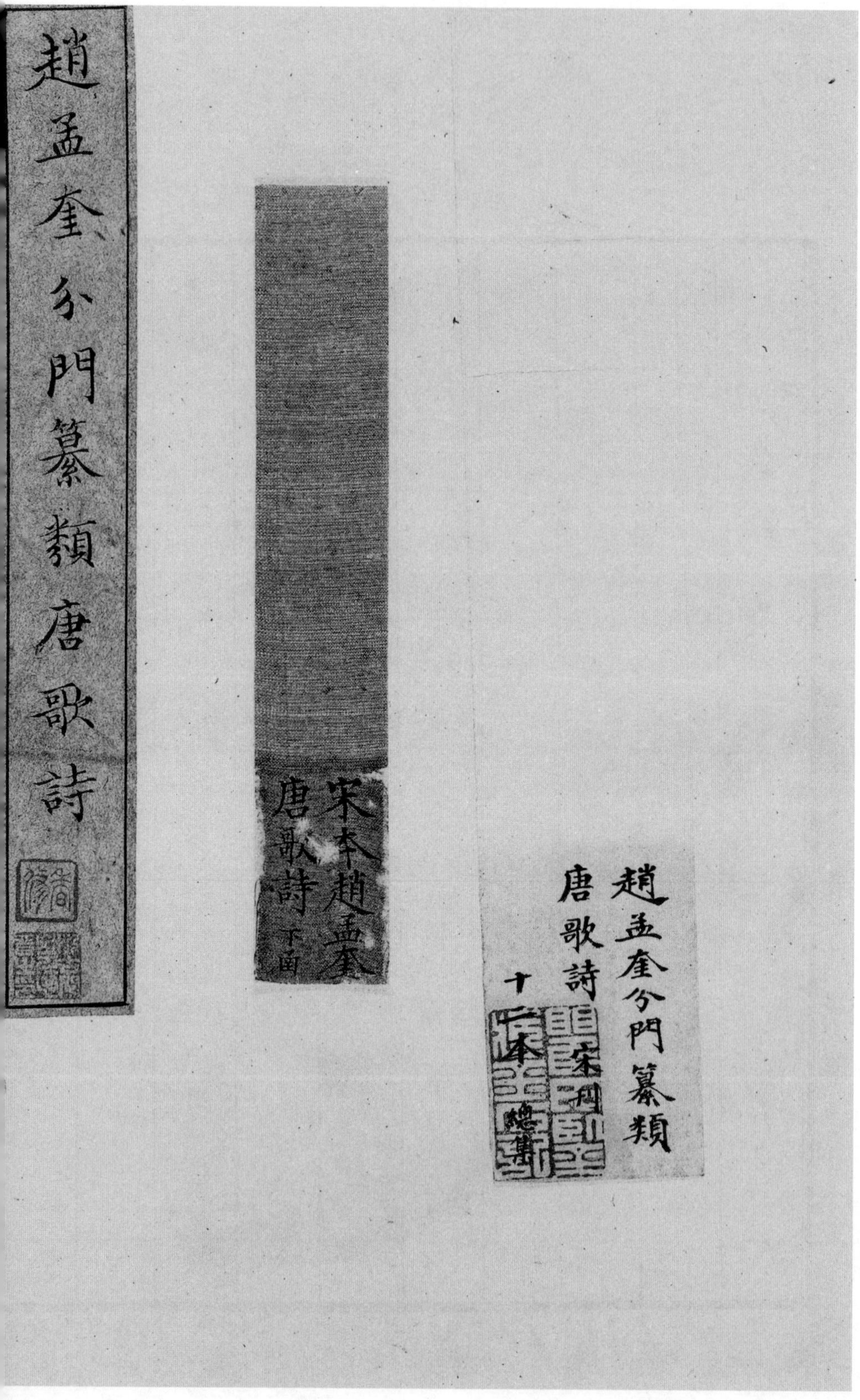
趙孟奎分門纂類唐歌詩
宋本趙孟奎
唐歌詩
下函
趙孟奎分門纂類
唐歌詩
十

前趣竒嶔岑轉相逼升巒初亭午入澗訝昬
丹壁爛霞暉蒼煙混松色飛流霄間落絶頂雲
外匿杳嶂森曵分重溪沓難測曾峰昔延望靈
境今巳即振策探仙都解襟嬉逸域五芝生碧
洞曄曄正堪食豈唯耽幽棲實兾化羽翼何必
陰馬君獨資九丹力

永嘉經謝公石門山作

郭密之

綿境經耳目未甞曠躋登一窺石門險載滌心
神懵洞壑閟金澗歙崖盤石楞陰潭下冪冪秀

領上層層千丈瀑流蹇半溪風雨緪輿餘志每
愜心遠道自弘秉軺廣儲峙祗命愧才能輟棹
周氣象捫條歷騫崩忽如生羽翼恍若將起騰
謝客今已矣我來誰與朋

再經天涯地角山

雍陶

每憶雲山養短才悔緣名利入塵埃十年馬足
行多少兩度天涯地角來

遊太山

李白

四月上太山石半御道開六龍過萬壑澗谷隨
縈迴馬跡遶碧峰于今滿青苔飛流灑絕巘水
急松聲哀北眺崿嶂奇傾崖向東摧洞門閉石
扇地底興雲雷登高望蓬瀛想象金銀臺天門
一長嘯萬里清風來玉女四五人飄颻下九垓
含笑引素手遺我流霞盃稽首再拜之自媿非
仙才曠然小宇宙棄世何悠哉
清曉騎白鹿直上天門山山際逢羽人方瞳好
容顏捫蘿欲就語却掩青雲關遺我鳥跡書飄
然落巖間其字乃上古讀之了不閑感此三歎

息從師方未還平明登日觀舉手開雲關精神四飛揚如出天地間黄河從西來窈窕入遠山憑崖覽八極目盡長空閑偶然值青童緑髮雙雲鬟笑我晚學仙蹉跎凋朱顔躊躇忽不見浩蕩難追攀

清齋三千日裂素寫道經吟誦有所得衆神衛我形雲行信長風颯若羽翼生攀崖上日觀伏檻窺東溟海色動遠山天雞已先鳴銀臺出倒景白浪翻長鯨安得不死藥高飛向蓬瀛

日觀東北傾兩崖夾雙石海水落眼前天光遥

空碧千峯爭攢聚萬壑絶凌歷緬彼鶴上仙去
無雲中跡長松入霄漢遠望不盈尺山花異人
間五月雪中白終當遇安期於此錬玉液
朝飲王母池暝投天門闕獨抱緑綺琴夜行青
山月山明月露白夜靜松風歇仙人遊碧峰處
處笙歌發
寂聽娱清輝玉真連翠微想像鸞鳳舞飄飄龍
虎衣捫天摘匏瓜怳惚不憶帰舉手弄清淺誤
攀織女機明晨坐相失但見五雲飛

遊嵩山

熊皎

獨背焦桐訪洞天暫攀靈跡弃塵緣深逢野草皆疑藥靜見樵人恐是仙翠木入雲空自老古碑横水莫知年可憐幽景堪長往一任人間歲月遷

遊茅山

儲光羲

十年别鄉縣西去入皇州此意在觀國不言空遠遊九衢平若水利往無輕舟北洛反初路東汜還故丘春山多秀木碧澗盡清流不見子桑

巵當從方外求
世業傳儒行行成非不榮其如懷獨善況以聞
長生家近華陽洞早年深此情巾車雲路入理
棹瑶溪行天地朝光滿江山春色明王廷有軒
鼎此日方知輕
平生非作者望古懷清芬心以道爲際行將時
不羣兹山在人境靈貺久傳聞遠勢一峰出近
形千嶂分冬春有茂草朝暮多鮮雲此去亦何
極但言西日曛
昔賢居柱下今我去人間良以直心曠兼之外

視閑垂輪非釣國好學異希顔落日登高嶼悠
然望遠山溪流碧水去雲帶清陰還相見中林
士巖扉長不關
名岳徵仙事清都訪道書山門入松栢天路揖
空虚南極見朝采西潭聞夜漁遠心尚雲宿浪
跡多林居爲已存實際忘形同化初此行良已
矣不樂復何如
杜荀鶴
步步入山門仙家鳥徑分漁樵不到處麋鹿自
成羣石面迸出水松頭穿破雲道人星月下相

次禮茅君　李中

緑蘚深迎步紅霞爛滿衣洞天應不遠鸞鶴向人飛

茅許僊蹤在煙霞一境清希夷何許叩松逕月空明

遊爛柯山　項斯

步步出塵氛溪山别是春壇邊時過鶴碁處寂無人訪古碑多闕探幽路不眞飄疑歸去晚清

世累移晨

遊馬耳山

蕭穎士

茲山表東服遠近瞻其名合沓盡溟漲渾渾連
太清我來疑初伏幽路無炎精流水出溪静緣
蘿搖風輕髙深變氣候俯仰暮天晴入谷烟雨
潤登崕雲日明乹坤正含養種植物滋榮草樹
皆秀色雛麋亂新聲攀巖挹桂髓洞穴拾瑶英
此地隱微徑何人得長生宿心尚葛許彌顙棲
蓬瀛太息官名路遲廻忠孝情還丹昧遠術養

素㦸幽貞安得從此去悠然昇玉京

遊倚帝山

吴筠

山間非吾心物表冀所託振衣超煩滓策杖追岑崟絶地窮嶮岈造天窕磐礴邇臨煙霞積遯睇宇宙廓俯驚白雲涌仰駭飛泉落苔濃鮮翠昇松古麗丹崿目冀覩喬羨心希馭龍鶴乃知巢由情豈伊猨鳥樂

玆山何獨秀萬仞倚昊蒼晨躋煙霞趾夕憩靈仙塲俯觀海上月坐弄浮雲翔松風振雅音桂

露含晴光不出六合外超然萬累忘信彼古來
士巖棲道彌彰

遊中梁山
于武陵

僻地好泉石何人曾陸沉不知青嶂外更有白
雲深因此見喬木幾回思舊林慇懃與猿鳥唯
我獨何心

遊三學山
齊己

白石路重重縈紆勢忽窮孤峰擎像閣萬木蔽

星空世論隨時變禪懷歷刧同良宵正宜目海日上窻紅

遊雲頂山晚望　貫休

雲頂聊一望山林草木竒黔南在何處堪笑復堪悲菊[redacted]香未歇露繁蟬不飢明朝又西去錦水與峨眉

與南陵常贊府遊五松山　李白

安石泛溟渤獨嘯長風還逸韻動海上高情出

人間靈異可並跡澹然與世閑我來五松下置
酒窮躋攀徵古絶遺老因名五松山五松何清
幽勝境美沃洲蕭颯鳴洞壑終年風雨秋響入
百泉去聽如三峽流剪燭掃天花且從傲吏遊
龍堂若可憇吾欲歸精脩

自廣漢遊三學山

薛能

殘陽終日望棲賢嵎路攜家得訪禪世闕一來
應薄命雨留三宿是前縁詩題不忍離巖下履
齒難忘在水邊猿鳥可知僧可會此心常似有

香煙

重遊天台山

李郢

南國天台山水奇石橋危險古來知龍潭直下

一百尺誰見山翁獨過時

杪春再遊廬山

李涉

二十七年别煙雲如昨辭偶逢行春日得遂歸

山期曉駕出湓城晚會東林師廵廊閲衆院遍

讀新舊詩蕭䫶故巳塵符楊亦川馳拂牀歸塵

壁再覔舊遊詩南訪静節居石臺有遺基紅葩
列澗艷碧蔦懸林絲迢遞二霄峯晴雲間出危
壇空仙馭遠谷斷啼猿悲白鹿舊洞門五老東
一枝當時手結茅聚族長在兹孫姪皆後來非
我昔所知生爲前世翁安得不涕垂白髪唯兩
人形骸久支離雖同故山會草草如路歧惆悵
塵中身何由重來斯無令誚余者更効北山移

再遊匡山

齊巳

紫霄兼二老相對倚空寒久别成衰病重來更

上難徑危雲母滑岸旱瀑流乾目斷嵐煙際神仙有石壇

重到惠山

李紳

再到石泉寺内有禪師鑒玄影堂在寺南峰下頃年與此僧同在惠山十年鑒玄自壽春相訪因追舊歡

碧峰依舊松筠老重得經過已白頭俱是海天黄葉信兩逢霜節菊花秋望中白鶴憐歸翼行勩青苔恨昔遊還向窻前名姓下數行添記别

離愁

商山道中

張喬

春去計秋期長安在夢思多逢山好處少值客行時雲起爭峰勢花交隱澗枝停驂一惆悵應秪嶺猿知

趙嘏

和如春色淨如秋五月商山是勝遊當晝火雲生不得一溪縈作萬重愁

過華陰

王昌齡

雲起泰華山雲山互明滅東峰始含景了了見松雪羇人感幽棲窅映轉奇絶欣然忘所疲永望吟不輟信宿百餘里出關玩新月何意尋冥遇物遂遷別人生屢如此何以肆愉悦

過中條山

許棠

徒爲經異岳不得訪靈蹤日盡行難盡千重復萬重雲垂多作雨雷動半和鐘孤竹人藏處無因認本峯

過商山

王貞白

一宿白雲根時經採蘼村數峰雖似蜀當畫不
聞猿馬立溪沙淺人爭閣道喧明朝棄繻罷步
步入金門

戎昱

雨暗商山過客稀路傍孤店閉柴扉卸鞍良久
茅簷下待得巴人樵採歸

貫休

吟緣横翠憶天台嘯狖啼猱見盡猜四箇老人

何處去一聲仙鶴過溪來皇城宮闕廻頭盡紫閣煙霞爲我開天際峰峰盡堪住紅塵中去大悠哉

齊己

疊疊疊嵐寒紅塵翠裏盤前程有名利此路莫艱難雲木侵天老輪蹄到月殘何能尋四皓過盡見長安

過驪山

竇鞏

翠輦紅旌去不回蒼蒼宮樹鎖青苔有人說得

當時事曾見長生玉殿開

杜牧

始皇東遊出周鼎劉項縱觀皆引頸削平天下實辛勤却爲道旁窮百姓黔首不愚爾益愚千里函關囚獨夫牧童火入九泉底燒作灰時猶未枯

薛能

丹雘蒼蒼簇背山路塵應滿舊簾間玄宗不是偏行樂只爲當時四海閑

冷日過驪山

趙嘏

泠日微煙渭水愁翠華宫樹不勝秋霓裳一曲

千門鏁白盡梨園弟子頭

過馬嵬山

李遠

金甲雲旗盡日迴蒼惶羅袖滿塵埃濃香猶自

飄鑾輅恨魄無因離馬嵬南内宫人悲帳殿東

溟方士問蓬萊唯餘坡上彎環月時送殘蛾入

帝臺

過象耳山

薛能

一色青松幾萬栽異香薰路帶花開山門欲別心潛願更到蜀中還到來

到處逢山便欲登自疑身作往來僧徒行至此三十里不是有緣應不能

過桐栢山

錢起

秋風過楚山山靜秋聲晚賞心無定極仙步亦清遠反照雲竇空寒流石苔淺羽人昔已去靈跡欣方踐投策謝歸途世緣從此遣

過北邙山

劉滄

散漫黃埃滿北原折碑橫路碾苔痕空山夜月來松影荒冢春風變木根漠漠兔絲羅古廟翩翩丹旐過孤村白楊落日悲風起蕭索寒巢鳥獨奔

過蜀道山

張說

我行春三月山中百花開披林入峭[redacted]攀磴陟崔嵬白雲半峰起清江出峽來誰知高深意緬

邈心悠哉

過西塞山

齊己

空江平野流風島葦颼颼殘日銜西塞孤帆向北洲邊鴻渡漢口楚樹出吳頭終入高雲裏身依片石休

過南城縣麻姑山

崔櫓

似前如却玉堆堆薄帶輕煙翠好裁斜倚兎鈎孤影畔校低仙掌一頭來盤疑虎伏形難寫侵

認龍拏勢未廻鶖訝昔人曾羽化此中爭不接
瑶臺
詩手難題畫手慚淺青濃碧疊東南塵愁世界
忙心在霞伴神仙穩夢酣雨涕自悲看雪鬢星
冠無計整雲緣家風負荷須名官可惜千峰緑
似藍
差烟危碧半斜暉何代仙人此羽飛高岫鎮長
寒栢暗古祠時復彩雲歸紅塵鞭馬顏將換碧
落驂鸞意有違聲利繫身家繫念今生辜負六
銖衣

信州西三十里山名仙人城下有月巖山其
狀秀拔中有山門如滿月之狀余因行役
過其下聊賦是詩
韋莊
驅車過閩越路出饒陽西仙人翠如畫簇簇生
虹蜺羣峰若侍從衆阜如嬰提巖巒互吞吐嶺
岫相追攜中有月輪滿皎潔如圓珪玉皇恣遊
覽到此神應迷常娥曳霞帔引我同攀躋騰騰
上天半玉鏡懸飛梯瑶池何悄悄鸞鶴煙中棲
回頭望塵世露下寒凄凄

夕次鹿門山

閻防

龐公嘉遁所浪跡難追攀浮舟暝始至抱杖聊
自閑雙巖開鹿門百谷集珠灣噴薄湍上水舂
容潭裏山焦原足險峻梁壑未成艱我行自春
仲夏鳥語綿蠻蕙草色已晚客心殊未還遠遊
非避地訪道愛童顔安能徇機巧爭奪錐刀閒

度石門山

杜審言

石門千仞斷迸水落遥空道束懸崕半橋欹絶

澗中仰攀人屢息直下騎才通泥擲奔蛇徑雲
埋伏獸叢星躔牛斗北地脉象牙東開塞隨行
變髙深觸望同江聲連驟雨日氣抱殘虹未改
朱明律先含白露風堅貞深不憚險澁諒難窮
有異登臨賞徒爲造化功

渡汝水向大和山

皇甫冉

落日事搴陟西南投一峰誠知秋水淺但怯無
人蹤

出山作

盧仝

出山忘掩山門路釣竿插在枯桑樹當時只有鳥窺窬更亦無人得知處家僮若失釣魚竿定是猿猴把將去

出山吟　白居易

朝詠遊仙詩暮歌采薇曲卧雲坐白石山中十五宿行隨出洞水廻別緣巖竹早晚重來遊心期瑶草緑

入商山

杜牧

早入商山百里雲藍溪橋下水聲分流水舊聲人舊耳此迴嗚咽不堪聞

入浮石山　　儲嗣宗

斜日出門去殘花已過春鳥聲穿葉遠虎跡渡溪新入洞幾時路耕田何代人自慚非避俗不敢問迷津

早入清遠峽山　　宋之問

傳聞峽山好旭日棹前沂雨色揺丹障泉聲聒翠微兩巖天作帶萬壑樹披衣秋𢒰迎霜序春藤礙日輝翳潭花似織緣嶺竹成圍寂歷還沙浦葱蘢轉石圻露餘江未熱風落瘴初稀猿飲排虛上禽驚掠水飛榜童夷唱合樵女越吟歸斥堠斯爲美邊愁自有違誰憐望鄉國流涕失芳菲

晚入南山　孟浩

瘴氣晚氛氳南山復水雲鯤飛今始見鳥墮舊

來聞地接長沙近江從伯渚分賈生曾弔屈予
亦痛斯文

入茶山下題水口草市絶句

杜牧

倚溪侵嶺多高樹誇酒書旗有小樓驚起鴛鴦
豈無恨一雙飛去却迴頭

登山

許棠

信步匕鳥道不知身忽高近空無世界當楚見
波濤頂峭松多瘦崖懸石盡牢獮猴呼獨散隔

水向人號

登山歌

皇甫冉

青山前青山後登高望兩處兩處今何有煙景

滿川原離人堪白首

秋日登山

長孫佐輔

逐勝不怯還秋山閑獨登依俙小徑通深處逢

來僧側石擁寒溜欹松懸古藤明書問知友興

詠將誰能

登北固山　　宋之問

京鎮周天險東南作北關埭橫江曲路戍入海中山望越心初切思秦鬢已斑空憐上林鴈朝夕待春還

登娥眉山　　李白

當國多仙山娥眉邈難匹周流試登覽絶恠安可悉青冥倚天開彩錯疑畫出泠然紫霞賞果得錦囊術雲間吟瓊簫石上弄寶瑟平生有微

尚歡笑自此畢煙容如在顔塵累忽相失儻逢

騎羊子携手凌白日

登岷山

柳宗元

荒山秋日午獨上意悠悠如何望鄉處西北是

融州

登沃洲山

耿湋

沃洲初望海携手盡時髦小暑開鵬翼新蓂長

鷺濤月如芳草遠身比夕陽高羊祜傷風景誰

云異我曹

登秦望山

馬湘

太一初分何處尋空留曆數變人心九天日月徒相待萬里山川換古今風激野波吞遠徼雨添嵐氣沒高林秦皇漫作驅山計滄海茫茫轉更深

登郡前山

羊士諤

洛陽歸客滯巴東處處上樓雪滿叢峴首當時

爲風景豈將官舍作池籠

登驪山高頂

中宗

四郊秦漢國八水帝王都閶闔雄里閈城闕壯

規模貫渭稱天邑含岐實奥區金門披玉館因

此識黄圖

劉憲

驪阜鎮皇都鑾遊眺八區原隰旟門裏風雲扆

坐隅直城如斗柄官樹似星榆從臣詞賦末濫

得上天衢

蘇頲

仙蹕御層氛高高積翠分巖聲中谷應天語半空聞豐樹連黄道秦關入紫雲聖圖恢寓縣歌賦小横汾

武平一

鑾輿上碧天翠帟拖晴煙絶崿紆仙逕層嵓敞御筵雲披丹鳳闕日下黒龍川更覩南薰奏流聲入管絃

薛曜

登綿州富樂山别李道士策

珠鬫崐山遠銀宮漲海懸送君從此路城郭幾
千年雲霧含丹景桑麻覆細田笙歌未盡曲風
馭獨泠然

任閬中下鄉檢田登艾蕭山北望　　薛光謙

觀農巡井邑長望歷山川擁澗開新耨緣崖指
火田荒村無徑陌古戍有風煙瓠葉縈籬長藤
花繞架懸岸高攢樹石水淨寫雲天迴首鄉關
路行歌猶喟然

登望楚山最高頂

孟浩

山水觀形勝襄陽美會稽最高唯望楚曾未一

攀躋石壁疑削成衆山比全低晴明始登陟目

極無端倪雲夢掌中小武陵花處迷暝還歸騎

下蘿月在深溪

登商山最高頂　白居易

高高此山頂四望唯煙雲下有一條路通達楚

與秦或名誘其心或利牽其身乘者及負者來

去何云云我亦斯人徒未能出䡾塵七年三往

復何得笑他人

陪羣公登箕山賦得羣字

宋之問

許由去已遠冥莫見幽墳世薄人不貴茲山唯
白雲寧知三千歲復有堯爲君時佐激頹俗登
箕挹清芬高節雖旦暮邈與洪崖羣

與諸子登峴山作

孟浩

人事有代謝往來成古今江山留勝跡我輩復
登臨水落魚梁淺天寒夢澤深羊公碑尚在讀

罷淚凝襟

與崔策登西山

柳宗元

鶴鳴楚山靜露白秋江曉連袂度危橋縈迴出林杪西岑極遠目毫末皆可了重疊九疑高微茫洞庭小迥窮兩儀際高出萬象表馳景泛頽波遥風遞寒篠謫居安所習稍厭從紛擾生同胥靡遺壽等彭鏗夭蹇連困顛踣愚蒙怯幽眇非令親愛疎誰使心神悄偶兹遁山水得以觀魚鳥吾子幸淹留緩我愁腸繞

同諸隱者夜登四明山

施肩吾

半夜尋幽上四明手攀松桂觸雲行相呼已到無人境何處玉簫吹一聲

奉使登終南山

王灣

常愛南山遊因而盡原隰數朝至林嶺百仞登嵬岌石壯馬徑窮苔色步緣入物奇春狀改氣遠天香集虛洞策杖鳴低雲拂衣濕倚巖見廬舍入戶欣拜揖問姓矜勤勞示心教澄習玉英

時共飲芝草爲余拾境絶人不行潭深鳥空立
一乘從此受九轉兼是給辭麨若輕飛慜來唯
吐吸開襟起巳勝廻路倏而及煙色松上深水
流山下急漸平逢車騎向晚睍城邑峰在野趣
繁塵飄宦情緝辛苦久爲吏勞生何妄執日暮
懷此山悠然賦斯什

登襄陽峴山

張九齡

昔年出攀践征馬復來過信若山川舊誰知歲
月何蜀相吟安在羊公碣巳磨令圖猶寂寞嘉

會亦蹉跎宛宛樊城岸悠悠漢水波逶迤春日遠感寄客情多地本原林秀朝來煙景和同心不同賞留歎此巖阿

望山

賈島

南山三十里不見踰一旬冒雨時立望望之如朋親虬龍一掬波洗蕩千萬春日日雨不斷愁殺望山人天事不可長勁風來如奔陰霾一以掃浩翠寫國門長安百萬家家家張屏新誰家最好山我顛爲其隣

盧士衡

亂山難問主相續碧嶙嶙何處煙霞裏猶眠經
濟人樓高看有意雨過色彌新待取科名了終
期隱此身

望嶽

杜甫

岱宗夫如何齊魯青未了造化鍾神秀陰陽割
昏曉盪胷生曾雲決眥入歸鳥會當凌絕頂一
覽衆山小

南嶽配朱鳥秩禮自百王歘吸領地靈鴻洞半

趙孟奎分門纂類唐歌詩

霜雪唯惜許讓王遁時潁川溢千乘不廻廬鶴
金寧易節美物忌芳堅達人諱明哲孤高霞月
上杳與氛埃絶

望終南山　　太宗

重巒俯渭水碧嶂插遙天出紅無嶺日入翠貯
巖煙疊松朝若夜複岫闕疑全對此恬千慮無
勞訪九仙

竇牟

日愛南山好時逢夏景殘白雲兼似雪清晝乍

生寒九陌峯如墜千門翠可團欲知形勝盡都
在紫宸看
望中條
唐彦謙
虞鄉縣西郭畋觀揖中條第蓄終南小文
遙崦深應有寺峯近恐通橋爲語前村叟他
時寄採樵
望衡山
劉禹錫
東南倚蓋卑維嶽資柱石前當祝融居上拂朱

鳥翩青冥結精氣磅礴宣地脉還聞膚寸陰能
致彌天澤

望九疑　朱慶餘

浮生猶後後未得便尋眞白日如無路青山豈
有人煙收遙岫小雨過晚川新倚杖何疑望中
宵夢往頻

望九華山　盧嗣立

九華深翠落軒楹迥眺澄江氣象明不遇陰霾

孤岫隱正當寒日衆峯呈坐觀松雪消煩思惜
別煙嵐駐曉行得路歸山期早訣夜來潛巳告
精誠

紫䕫

九華如劒插雲霓青靄連空望欲迷北截吴門
疑地盡南連楚界覺天低龍池水蘸中秋月石
路人攀上漢梯惆悵舊遊無復到會須登此出
塵泥

望女几山　羊士諤

女几山頭春雪消路傍仙杏發柔條心期欲去知何日惆悵回車上野橋

望天門山

李白

天門中斷楚江開碧水東流直北廻兩岸青山相對出孤帆一片日邊來

望麻姑山

鮑溶

主佳懷麻姑浮世悠悠仙景殊自從青鳥不堪使更得蓬萊消息無

望木瓜山

李白

早起見日出暮看棲鳥還客心自酸楚况對木瓜山

望郡南山

白行簡

臨江一嶂白雲間紅綠層層錦繡斑不作巴南天外意何殊昭應望驪山

和行簡望郡南山

白居易

反照前山雲樹明從君苦道似華清試聽腸斷
巴猿叫早晚驪山有此聲

望西山

脩睦

積翠異諸嶽令人看莫休有時經暮雨獨得倚
高樓雲外僧應老林間水正秋到頭歸隱處豈
在問嵩丘

汝州郡樓望嵩山

許棠

不共衆山同岧嶤出逈空幾層高鳥外萬仞一

樓中水落難歸地雲離便逐風唯應霄漢客絕
頂路方通

關門望華山

劉長卿

客路瞻太華三峰高際天夏雲亘百里合沓遥
相連雷雨飛半腹太陽在其巔翠微關上近瀑
布林梢懸愛此衆峰秀能令西望偏徘徊忘暝
色泱漭成陰煙曾是朝百靈亦聞會羣仙璚漿
豈易挹毛女非空傳髣髴仍佇想幽奇如眼前
金天有青廟松栢隱蒼然

東歸望華山

吴融

碧蓮重疊在青冥落日重鞭緩客程不奈春煙
籠暗淡可堪秋雨洗分明南邊已放三千馬北
面猶標百二城只怕仙人撫高掌年年相見是
空行

翰林院望終南山

吴鎔

竊慕隱淪道所歡巖宂居誰言忝休命遂入承
明盧物情不可易幽中未嘗攄幸見終南山岧

蕘凌太虛青藹長不滅白雲閑卷舒悠然相探
討延望空躊躇跡繫心無極神超興有餘何當
解維縶永託逍遙墟

朝退望終南山

李拯

紫宸朝罷綴鴛鸞丹鳳樓前駐馬看唯有終南
山色在晴明依舊滿長安

贈徐中書望終南山歌

王維

晩下兮紫微悵塵事兮多違駐馬兮雙樹望青

山兮不歸

彭蠡湖中望廬山

孟浩

太虛生月暈舟子知天風掛席候明發渺漫平湖中中流見匡阜勢壓九江雄黤黕容霽色一作黯藹凝黛色崢嶸當曉空香爐峯一高上初日瀑布噴長虹久欲追尚子況茲懷遠公我來限于役未暇息微躬淮海途將半星霜歲欲窮寄言棲巖者畢趣當來同

早發若峴驛望廬山

獨孤及

雨罷山翠鮮泠泠東風好斷崕雲生處是向峯頂道誰謂峯頂遠跂予可瞻討忘緣袪天機脫屣恨不早秪恐歲云暮遂與空名老心往跡未弁慙媿山上草

九華望廬山

熊皎

九江山勢盡崢嶸惟有匡廬最得名萬疊影遮殘雪在數峯嵐帶夕陽明冷侵醉榻鋪秋色高亞吟龍送水聲只待丹霄酬志了白雲深處是

歸程

湖上望廬山

孫魴

輟棹南湖首重迴笑青吟翠向崔嵬天應不許人全見長把雲藏一半來

江州望廬山

羅隱

東南蒼翠何崔嵬橫流一望幽抱開影寒已落水底去脚闊欲過湖心來深處不唯容鬼怪暗中兼恐有風雷仙人往往今誰在紅杏花香重

首迴

秋日彭蠡湖中觀廬山

吳筠

泛舟太湖上迴瞰兹山隈萬頃滄波中千峰鬱崔嵬涼煙發爐嶠秋日明帝臺絶巔凌太漢懸流瀉昭回穹崇石梁引岈豁天門開飛鳥屢隱見白雲時往來超然契清賞目醉心悠哉董氏出六合王君升九垓誰言曠遐祀庶可相追陪從此永棲託拂衣謝浮埃

青陽館望九子山

竇叔向

蒼翠嵓嶤上碧天九峰遥落縣門前豪芒映日千重樹消滴垂空萬丈泉武帝南遊曾駐蹕始皇東幸亦祈年雲祠絶跡終難訪惟有猿聲到客邊

晴望九華山

楊鴻

九華閑屋簇清虚氣象羣峰盡不如惆悵都南掛冠吏無人解向此山居

舟中望九華山

李中

排空蒼翠異輟棹看崔嵬一面雨初歇九峯雲
正開當時思水石便欲上樓臺隱去心難遂吟
餘首嬾迴僧休傳紫閣棄歇寫天台中有忘機
者逍遥不可陪

郡樓望九華歌

霍揔

樓上坐見九子峰翠雲赤白光溶溶有時朝昏
變踈密八峯和煙一峯出有時風卷天雨晴聚
立連連如弟兄陽烏生子偶成數丹鳳養鶵同

此名日日遥看機巳靜未離塵躅思眞境子明
龍駕騰九垓陵陽相對空崔嵬玉漿瑶草不可
見自有神仙風馬來

焦山杳望松寥山

李白

石壁望松寥宛然在碧霄安得五綵虹架天作
長橋仙人如愛我舉手來相招

江上望皖公山

李白

奇峰出奇雲秀木含秀氣青宴皖公山巉絶稱

人意獨遊滄江上終日澹無味但愛茲嶺高何
由討靈異默然遙相許欲往心莫遂待吾還丹
成投跡歸此地

曉望白帝城鹽山　杜甫

徐步移班杖看山仰白頭翠深開斷壁紅遠結
飛樓日出清江望暄和散旅愁春城見松雪始
擬進歸舟

登樓望西山　張九齡

城樓枕南浦日夕顥西山宛宛鸞鶴處高高煙
霧閒仙井今猶在洪崖久不還金編唯我授羽
駕亦誰攀簷際千峰遠雲中一鳥閑縱觀窮水
國遊思徧人寰勿復塵埃事歸來且閉關

再到洪州望西山

曹松

洪州向西顧不忍暫忘君記得瀑泉落省同幽
鳥聞一廻經雨雹長有剩風雲未定却栖息前
頭江海分

秋日望倚帝山

吴筠

楚服多奇山靈表先倚帝孤秀白雲裏青冥何崇巖秋天已晴助晚日更澄霽遠峯列在目杳與神襟契倏忽遺世間宛如再登詣伊予抱斯志代覿人煙閑何事牽俗網悠然負芝桂揭來從隱淪式保羡門計

天台山曉望

李白

天台隣四明華頂高百越門標赤城霞樓栖滄島月憑高遠登覽直下見溟渤雲垂大鵬飜波

動巨鼇汲風潮爭洶湧神怪何翕忽觀竒跡無
俔好道心不歇攀條摘朱實服藥鍊金骨安得
生羽毛千春卧蓬闕

溪東岑望天都山

朱景玄

目望浮山丘梯雲上東岑羣峰爭入冥巉巉生
太陰昔賢此昇仙結構窮聳深未曉日先照當
晝色半沉風泉霜雪飛雲樹瓊玉林大道非閑
隔無路不可尋窺境澄夙慮望壇起敬心一從
呼子安永絶金玉音

晚霽望嶽麓

劉昭禹

湘西斜日邊峭入幾尋天翠落重城内屏開萬戶前崕稜危濺瀑林鑄靜通仙誰骨功成後相攜掃石眠

神龍初廢逐南荒途出郴口北望蘇躭山

沈佺期

少曾讀仙史知有蘇躭君流放來南國依然會昔聞泊舟問耆老遥指孤山雲孤山郴郡北不與衆山羣重沓下縈映嶛嶢上糺紛碧峰泉對

落紅壁樹旁分選地令方爾昇天因可云不才
予竄迹羽化子遺芬將覽成麟要旋驚禦鬼文
此中迷出處含思獨氛氲

青山晚望　　許棠

昔人懷感處此地倍魂銷四海經摇落三吳正
寂寥風移殘燒遠帆帶夕陽遥欲繼前賢跡誰
能似隱招

與太白同之東洛至櫟陽太白淙疾駐行余
九月二十五日至華嶽寺雪後望山

元稹

共作洛陽千里伴老劉因疾駐行軒今朝獨自

山前立雪滿三峯倚寺門

盩厔縣北樓望山

白居易

一爲趨走吏塵土不開顔辜負平生眼今朝始

見山

新開望山處

王建

新開望山處今朝減病眠應移千里道猶自數

峯偏故欲遮春巷還來遶暮天老夫行步弱免
到寺門前

經廬岳廻望江山想洛川有作

劉允濟

龜山帝始營龍門禹初鑿出入經變化俯仰憑
寥廓未若茲山功連延並巫霍東北疏艮象西
南距坤絡宏[redacted]自欝盤高標復回薄勢入柴桑
渚陰開彭蠡壑九江杳無際七嶺紛相錯雲雨
散吳會風波騰鄡鄱跡隨造化久利與乾坤博
肸蠁精氣通紛綸潛怪錯石渠忽見踐金房安

可託地入天子都巖有仙人藥二門幾迢遞三
宮何儵爚咫尺窮杳冥跬步皆恬漠才驚羽翰
幽居靜龍虵蠖明牧振雄詞地華殊灼灼盛業
匡西夏深謀贊禹亳黄雲覆鼎飛絳氣横川躍
佐曆符賢運人莫茂天爵禮樂富垂髫詩書成
舞勺清輝靖嵒電利器騰霜鍔遊聖挹衢罇隣
幾恭木鐸牆仞包武侯波瀾控文若旋聞刈薪
楚邃覩升葵藿穋卤邦國圖良平公輔畧重臣
資出守英藩諒求瘨豫章觀偉材江州訪靈崿
陽岫曉氛氲陰崕暮蕭索潛伏屢鯨奔雄飛更

鷙摶驚獮透煙霞騰猿亂枝格故園有歸夢他
山飛賞樂帝鄉徒可遊皇溪終旅泊景物觀滙
海雲霄望河洛城闕紫微星圖書玄扈閣神功
多粉縝元氣猶斟酌丞相下南宮將軍趍北落
横簪並輝蟬列鼎俱調鶴四郊時迷路五月先
投籥池榭喧瓊管風花亂珠箔舊遊勞夢寐新
知無悦樂天寒欲贈言歲暮期交約夜琴清玉
柱秋灰變緹幕風雲動翰林宫徵調文籥言泉
激爲浪思緒飛成繳千里輝珠璣五采含丹艧
鼓吹旋驚鷁瑾瑜俄抵鵲竊價慙庸怠叨聲逾

寂寞長望限南溟居然翳東郭

尋山　李頻

一逕入雙崖初疑有幾家行窮人不見坐久日空斜石上生靈草泉中落異花終須結茅屋向此學飱霞

于武陵

到此絶車輪萋萋草樹春青山如有利白石亦成塵水闊應無路松深不見人如知巢與許千載跡猶新

許棠

躡屩復支笻深山草木中隔溪遥避[redacted]當塢忽

聞鐘落葉多相似幽禽半不同羣猻呼却散如

此異林翁

尋天台山

孟浩

吾友太一子飡霞卧赤城欲尋華頂去不憚惡

溪名歇馬憑雲宿揚帆截海行高高翠微裏遥

見石梁横

仲春晚尋覆釡山

錢起

蝴蝶弄和風飛花不知晚王孫尋芳草步步忘
路遠況我愛青山涉趣皆遊踐縈迴必中路陰
晦陽復顯古岸生新泉霞峯映雪巘交枝花色
異奇石雲根淺碧洞忘忘歸紫芝行可搴方嗤
嵇叔夜林卧方沉湎
九城尋山水

薛曜

菊浦桃源暾九城鸞歌鳳嘯忽將迎千巖雜樹
雲霞色百道流泉風雨聲上客由來軒蓋重幽

人自覺薛蘿輕疑是昔年棲息地山中日暮有
餘情

謁山　李商隱

從來繫日乏長繩水去雲迴恨不勝欲就麻姑
買滄海一盃春露冷如冰

雜題

印山古意　薛曜

昔掩佳城路曾驚壑易遷今接宜都里翻如海

作田鏤鼎名應大生金字不傳風飈吹白日羅
綺拭黄泉象鳳笙留國成龍劒上天長樂移新
壟咸陽失舊阡川流徒漫漫神理竟綿綿佇見
飛來鶴沉嗟不學仙

買山吟　　　于鵠

買得幽山屬漢陽槿籬疎處種桄榔唯有獼猴
來往熟弄人抛果滿書堂

看南山　　　栖白

抗蜀復臨秦凝嵐萬古新峭連河漢地氣爽市
朝人影裏天家桂光中陸海珎愛山兼戀此偏
柰與誰隣

見少室

徐凝

適我一簞孤客性問人三十六峯名青雲無恙
白雲在便可嵩陽老此生

荆山獨往

姚係

宿昔山水上抱琴聊躑躅山遠去難窮琴悲多

斷續嵓壑丹陽樹泉咽聞陰谷時下白雲中滰

留秋水曲秋水石欄深潺湲如噴玉雜芳被陰

岸墜露方消緑忩此平生懷獨遊還自足

獨坐敬亭山

李白

衆鳥高飛盡孤雲獨去閑相看兩不猒只有敬

亭山

輞口遇雨憶終南山

裴迪

積雨晦空田平沙滅浮彩輞水去悠悠南山復

何在

宿華山　　許棠

異境良難測非仙豈合遊星辰方滿岳風雨忽移洲噴月泉垂壁棲松鶴在樓因知修養處不必在嵩丘

別君山　　崔櫓

點空誇黛妬愁眉何必浮來結夢思慚愧二年青翠色惹𢠸粘枕伴吟詩

别舊山

于鵠

舊伴同游盡却回雲中獨宿守花開自是去人

身漸老暮山流水任東來

光啓丁未别山

司空圖

草堂琴畫已判燒猶託隣僧護燕巢此去不縁

名利去若逢逋客莫相嘲

下山歌

宋之問

下嵩丘兮多所思携佳人兮步遲遲松間明月
長如此君再遊時復何時

王無競

日云暮兮下嵩山路連綿兮樹石間出谷口兮
見明月心徘徊兮不能還

賈曾

良遊晼晚兮月成釭歸路逶迤兮山路長王孫
不留兮歲將晏嵩巖山草兮爲誰芳

驪山有感

李商隱

驪岫飛泉泛暖香九龍呵護玉蓮房平明每幸
長生殿不從金輿惟壽王

送友人歸山歌

王維

山寂寂兮無人又蒼蒼兮多木羣龍兮滿朝君
何爲兮空谷文寡和兮思深道難知兮行獨悅
石上兮流泉與松閒兮草屋入雲中兮養鷄上
山頭兮抱犢神與棗兮如瓜虎賣杏兮收穀媿
不才兮妨賢嫌旣老兮貪祿誓解印兮相從何
詹尹兮可卜

山中人兮欲歸雲冥冥兮雨霏霏水驚波兮翠
菅靡白鷺忽兮翩飛君不可兮褰衣山萬重兮
一雲混天地兮不分樹晻曖兮氛氲猿不見兮
空聞忽山西兮夕陽見東皐兮遠村平蕪緑兮
千里眇惆悵兮思君

早春魚亭山

薛稷

春氣動百草紛縈時斷續白雲自高妙徘徊空
山曲陽林花巳紅寒澗苔未緑伊余息人事蕭
寂無營欲客行須云遠玩之聊自足

春山山館旅懷

羅鄴

山館吟餘山月斜東風揺曳拂牕花豈知驅馬無閑日長在他人後到家孤劒向誰開壯節流年催我自堪嗟燈前結束又前去曉出石床啼亂鵶

巫山旅別

崔塗

五千里外三年客十二峯前一望秋無限別魂招不得夕陽西下水東流

秋夜巫山

喬備

巫峽徘徊雨陽臺潭蕩雲江山空窈窕朝暮自氛氳螢色寒秋露猨啼清夜聞唯憐夢魂遠腸斷思紛紛

發蕙風館遇陰不見華山有作

孟遲

我來淮南城千江萬山無不經山青水碧千萬丈奇峰急派何縱横又聞九華山山頂連青冥太白有逸韻使我西南行一步一攀策前行正

雞鳴陰雲冉冉忽飛起千里萬里危崢嶸譬如天之有日蝕使我昏沉猶不明人家敲鏡救不得光影却屬貪狼星恨亦不足通言亦不足聽長鞭揮馬出門去是以九華爲不平

亂後入洪州西山

曹松

寂寂陰溪水潄苔壓中將得苔吟來東峯道士如相問縣[redacted]如今不姓梅

山中避難作

來鵬

山頭烽火水邊營鬼哭人悲夜夜聲唯有碧天
無一事日還西下月還明

避寇上山作　　　貫休

山翠碧嵯峩攀牽去省多淺深俱得地好惡未
知他有草皆爲戶無人不荷戈相逢空悵望更
有好時麽

避寇上唐臺山　　　貫休

蒼黄緣鳥道峰脊見樓臺㮇桂香皆滴煙霞濕

不開僧髙眉半白山老石多摧莫問塵中事如
今正可哀

望岳時賊據華下

唐彦謙

長路風埃隔楚氛忽驚神岳映朝曛削成絶壁
五千仞髙揖泥金七十君祝史祕辭今莫睹從
臣嘉頌久無聞幽人閑望封中地好爲吾皇起
白雲

假山并序

齊已

假山者蓋傚匡廬有作也往歲嘗居東郭因夢覺遂圖於壁迄于十秋而攢青疊碧於寤寐間宛若捫蘿挽樹而昇彼絶頂令所傚像一一而故不盡萬壑千巖神仙鬼怪之宅聊得解懷既而功就乃激幽抱而作是詩終于一百八十言爾

匡廬久別離積翠杳天涯靜室曾圖峭幽庭復創奇典衣酬土價擇日運工時信手成重疊隨心作蔽虧根盤礱院窄頂聳訝簷卑鎮地那言

重當軒未敢危臣靈何忍擘秦政骨輕移晚覺
莎煙觸寒聞竹籟吹藍灰澄古色泥水合凝滋
引看僧來數牽吟客散遲九華應髣髴五老頗
參差珠網藤蘿挂春霖瀑布垂加添雙石笋映
帶小蓮池舊說雷居士曾聞遠大師紅霞中結
社白蘚上題詩顧此誠徒爾勞心是妄爲經營
慚培塿賞翫媿童兒會入千峯去閑蹤任屬誰

題從生假山

薛濤

宅相多能好自持愛山攢石倚庭隅銅梁公阜

趙孟奎分門纂類唐歌詩

腦圓衘來多野鶴落處半靈泉必共玄都𥡴𧝒
開不記年

鞠侯

堪羨鞠侯國碧巖千萬重煙蘿爲印綬雲壑是
提封泉遣狙公護果教猨子供爾徒如不死應
得躡玄蹤

巫山

張子容

巫嶺岧嶤天際重佳期宿昔願相從朝雲暮雨
連天暗神女知來第幾峰

蘇拯

昔時亦雲雨今時亦雲雨自是荒淫多夢得巫山女從來聖明君可聽妖魅語只令峯上雲徒自生容與

羅浮山

文丙

羅浮多勝境夢到固無因知有長生藥誰爲不死人根雖盤地脉勢自倚天津未便甘休去須棲老此身

峨嵋山

鄭谷

萬仞白雲端經春雪未殘夏消江峽滿晴照蜀樓寒造境知僧熟歸林認鶴難會須朝闕去秪有畫圖看

縣竹山

吳融

縣竹東西隅千峰勢相屬崚嶒壓東巴連延羅古蜀方者露圭角尖者攢箭鏃引者蛾眉彎斂者鳶肩縮尾蟠青蛇盤頸偃玄兎伏横來突若奔直上森如束嵗在作噩年銅梁摇藁毋相國

京兆公九命來作牧戎提虎僕毛專奉狼頭纛
行府寄精廬開牕對林麓是時重陽後天氣曠
清肅茲山昏曉開一一在人目霜空正沉寥濃
翠霏撲撲披海出珊瑚貼天堆碧玉俄然陰霾
作城郭纔霡霂絶頂已凝雪晃朗開紅旭初疑
崐崘下天矯龍銜燭亦似蓬萊巔金銀臺疊蹙
紫霞或旁映綺段鋪繁褥晚照忽斜籠赤城差
斷續又如煮鹵鹽萬萬盆初熟又如濯楚練千
千匹未軸又如水精宫蛟螭結川瀆又如鍾乳
洞雷雹開巖谷丹青畫不成造化供難足合有

羽衣人飄颻曳煙躅合有五色禽吽嘯含仙曲
根雖限剱門穴必通林屋方諸滄海隔欲去憂
淪覆羣玉縹緲間未可量往復何如當此境終
朝曠遐矚往往草檄餘吟哦思幽獨早晚掃欃
槍笳鼓迎鳴轂休飛霹靂車罷繫蝦蟇木勒銘
燕然山萬代垂芬郁然後恣逍遥獨往羣麋鹿
不管安與危不問榮與辱但樂濠梁魚豈怨鍾
山鵠紉蕙以圍腰採芝將實腹石牀須卧平一

任閑雲觸

首陽山

吴融

首陽山枕黄河水上有兩人曾餓死不同天下人爲非兄弟相看自爲是遂令萬古識君心爲臣貴義不貴身精靈長在白雲裏應笑隨時飽死人

天門山　李白

迴出江上山雙峰自相對岸映松色寒石分浪花碎參差遠天際縹緲晴霞外落日舟去遥迴首沉青靄

靈墟山

李白

丁令辭世人拂衣向仙路伏鍊九丹成方隨五

雲去松蘿蔽幽洞桃杏深隱處不知曾化鶴遼

海歸幾度

望夫山

李白

寫望臨碧空怨情感離别江草不知愁巖花但

爭發雲山萬里重音信千里絶春去秋復來相

思幾時歇

丈人山

杜甫

自爲青城客不唾青城地爲愛丈人山丹梯近幽意丈人祠西佳氣濃緣雲擬住最高峯掃除白髮黄精在君看他時冰雪容

閬山歌

杜甫

閬州城東靈山白閬州城北玉臺碧松浮欲盡不盡雲江動將崩已崩石那知根無鬼神會已覺氣與嵩華敵中原格鬭且未歸應結茅齋看

青辟

白鹽山　杜甫

卓立羣峰外蟠根積水邊他皆任厚地爾獨近高天白牓千家邑清秋萬古船詞人取佳句刻畫竟難傳

泥功山　杜甫

朝行青泥上暮行青泥中泥濘非一時版築勞人功不畏道路永反將汩沒同白馬爲鐵驪小

兒成老翁哀猿透却墜死鹿力所窮寄語北來

人後來莫怱怱

鹿頭山　　杜甫

鹿頭何亭亭是日慰饑渴連山西南斷俯見千

里豁遊子出京華劒門不可越及兹阻險盡始

喜原野闊殊方昔三分霸氣曾閒發天下今一

家雲端失雙闕悠然想楊馬繼起名硉兀有文

令人傷何處埋爾骨紆餘脂膏地慘澹豪俠窟

杖鉞非老臣宣風豈專達冀公柱石姿論道邦

國活斯人亦何幸公鎮踰歲月

岣嶁山

韓愈

岣嶁山尖神禹碑字青石赤形摹竒科斗拳身薤葉披拔一作鸞飄鳳泊拏虎螭事嚴跡祕鬼莫窺道人獨上偶見之我來咨嗟涕漣洏千搜萬索何處有森森緑樹猿猱啼一作悲

荆山

李商隱

壓河連華勢孱顔鳥沒雲歸一望間楊僕移關

三百里可能全是爲荆山

李咸用

良工指君疑眞玉却非玉寄言懷寳人不須傷

手足

小孤山

顧況

古廟楓林江水邊寒鴉接飯鴈横天大孤山遠

小孤出月照洞庭帰客船

北邙山

羅隱

一種山前路入秦嵩山堪愛此傷神魏明未死
虛留意莊叟雖生的蒲巾何必更尋無主骨也
知曾有弄權人羨他緱嶺吹簫客閑傍雲頭看
俗塵

邙山　　沈佺期

北邙山上列墳塋萬古千秋對洛城城中日夕
歌鐘起山上唯聞松栢聲

蒙山作　　蕭穎士

東蒙鎮海沂合沓百餘里清秋浄雰靄崖崿隱
天起予役勞往還息徒躛攀倚將窮絶跡處偶
得冥心理雲氣雜虹霓松聲亂風水微明緑林
際杳篠丹洞裏仙鳥時可聞羽人邈難視此焉
多深邃賢達昔所止子尚捐俗紛季隨躡遐軌
蘊眞道彌曠懷古情未巳白鹿亢幾遊黄精復
奚似顧余尚牽纆家業重書史小學務從師壯
年貴趨仕方馳桂林譽未暇桃源美歲暮期再
尋幽哉羨門子

羽山

蕭潁士

九山方蕩潏三考佇良材夏祖何屯圮遷遜此

山隈空餘下泉客誰復辨黃能

蒙穀山

唐彥謙

蒙穀山低碧海枯仲君閑坐說麻姑遙天鶴語

知虛實長夜神光竟有無祕祝齋心開九轉侍

臣回首聽三呼交朋漫信文成術短燭瑤壇漏

瀟壷

崑山

劉駕

昔時玉爲寶峴山過不得今時玉爲塵峴山入
中國白玉尚如塵誰肯愛金銀

龜山

李紳

在鏡湖中山形如龜山上有寺名永
安則元相所移置者

一峯凝黛當明鏡十仞喬松倚翠屏秋月滿時
侵兔魄素波揺處動龜形舊深崖谷藏仙島新
結樓臺起佛扃不學大蛟憑水怪等閑雪雨害

生靈

石首山

王周

首出嶤嵬占上游迴存濃翠向荆州空聞别有回山力却見長江曲尺流

温門山

王建

早入温門山羣峰亂如戟崩崖欲相觸呀豁斷行迹脱履尋淺流定足畏欹石路盡十里溪地多千歲栢洞門晝陰黑深處惟石壁似見丹砂

光亦聞鐘乳滴靈池出山底沸水衝地脉暖氣
成濕煙濛濛窻中白隨僧入古寺便是雲外客
月出天氣凉夜鐘山寂寂

伏牛山　　薛能

虎蹲峯狀屈名牛落日連村好望秋不爲時危
耕不得一犂風雨便歸休

武夷山　　李商隱

只得流霞酒一盃空中簫鼓當時迴武夷洞裏

生毛竹老盡曾孫更不來

同趙蚜瑯琊山

韋應物

石門有雪無行跡松壑凝煙滿衆香餘食施庭

寒烏下破衣掛樹老僧亡

玉山

李商隱

玉山高與閬峯齊玉水清流不貯泥何處更求

迴日馭此中兼有上天梯珠容百斛龍休睡桐

拂千尋鳳要棲聞道神仙有才子赤簫吹罷好

相攜

金山行

竇庠

西江中瀰波四截涌出一峰青嵽嵲外如削成
中歎裂陽氣發生陰氣結是時炎天五六月上
有火雲下冰雪夜色晨光相蕩沃積翠流霞滿
坑谷龍泓徹底沙布金鳥道插雲梯甃玉架巘
淩虛隨指顧𢡟𢡟玲瓏皆固護斡流倒景不可
窺萬仞千崕生跬步日華曈曈上金牓丹楹碧
砌真珠網此時天海風浪清吳楚萬家皆在掌

瓊樓菌閣紛明媚曲檻迴軒深且邃海鳥夜上珊瑚枝江花曉落琉璃地有時倒景沉江底萬狀分明光似洗不知水上有樓臺却就波中看啓閉舟人忘却江水深水神誤到人間世欻然風生波出没濯濩晶熒無定物居人相顧非人間如到日宫經月窟信如靈境長有靈佳者不得無仙骨三神山上蓬萊宫徒有丹青人未逢何如此處靈仙宅清涼不與鄭塵隔曾到金山處處行夢魂長羨金山客

前山

裴夷直

只謂一蒼翠不知猶數重晚來雲映處更見兩三峰

毗陵東山

李紳

東山在毗陵驛南連水西館館即獨孤及在郡所置荒廢已久至孟公簡重修植以花木池竹等可翫孟公在郡日余以校書郎從役同宴於此今則荒廢仍舊

昔人别館淹留處卜築東山學謝家叢桂半空
摧枳棘曲池平盡隔煙霞重開漁浦連天日更
種蒼園滿地花依舊秋風還寂寞數行衰柳宿
啼鴉

西山　常建

一身爲輕舟落日西山際常隨去帆影遠接長
天勢物象歸餘清林巒分夕麗亭亭碧流暗日
入孤霞繼日渚遠陰映湖雲尚明霽林昬楚色
來岸遠荆門閉其夜轉清迥蕭蕭北風厲沙邊

鳫鷺泊宿處蒹葭蔽圓月逗前浦孤琴又揺曳

泠然夜遂深白露霑人袂

西山吟　許大

自從明府歸仙後出入塵寰直至今不是藏名

混時俗賣柴沽酒要安心

西山靜中吟　施肩吾

重重道氣結成神玉闕金堂逐日新若數西山

得道者連予便是十三人

南山

李山甫

䥐碧頑青幾萬秋直無天地始應休莫嫌塵土
佯遮面能向樓臺强出頭霽色陡添千尺翠夕
陽閑放一堆愁假饒不是神仙骨終抱琴書向
此遊

南山詩

韓愈

吾聞京城南茲維羣山囿東西兩際海巨細難
悉究山經及地志茫昧非受授團辭試提挈挂

一念萬漏欲休諒不能粗叙所經覯常昇崇丘
望戢戢見相湊晴明出稜角縷脉碎分繡蒸嵐
相澒洞表裏忽通透無風自飄皺融液煦柔茂
横雲時平凝點點露數岫天宇一作空浮脩眉濃
緑畫新就孤撑有巉絶海浴褰鵬噣春陽潛沮
洳濯濯深吐秀巖巒雖嵂崒軟弱類含酎夏炎
百木盛蔭鬱增埋覆神靈日歊歔雲氣爭結構
秋霜喜刻轢一作鑠磔卓立癯瘦參差相疊重剛
耿陵宇宙冬行雖幽墨冰雪工琢鏤新巘煦危
峨億丈恒高袤明昬無停態頃刻異狀候西南

雄太白突起莫間遣藩都配德運分宅占丁戊
逍遥越地位詆訐陷乾竇空虚寒兢兢風氣較
搜漱朱維方燒日陰霞縱騰糅昆朗大池圯去
覼偶晴晝緜聯窮俯視倒側困清漚微瀾動水
卣踊躍躁猱狖鷩呼惜破碎仰喜呀不仆前尋
經杜墅筌薇畢原陋崎嶇上軒昂始得觀覽富
行行將遂窮嶺陸煩互走音奏敦然思坼裂擁掩
難恕宥巨靈與夸娥遠賈期必售還疑造物意
固護蓄精祐力雖能排斡雷電怯呵詬攀緣脫
手足蹭蹬抵積甃茫如試矯首堛塞生恂愁戚

容喪蕭奕近新迷遠舊拘官計日月欲進不可
又因緣窺其湫凝湛閟陰獸一作曾魚蝦可俯掇
神物安敢寇林柯有脫葉欲墮鳥驚救爭銜彎
環飛按棄急哺鷇旋歸道迴睨遠枅壯復奏吁
嗟信奇怪峙質能化貿前年遭譴謫探歷得邂
逅初從藍田入顧眄勞頸脰時天晦大雪淚目
苦矇瞀峻途拖長冰直上若懸溜褰衣步推馬
顛蹶退且復蒼黃忘遐睎所矚纔左右杉篁咤
蒲蘇杲耀攢介冑專心憶平道脫險逾避臭昨
來逢清霽宿願忻所一作始副崢嶸躋冢頂倏閃

雜鼯鼬前低劃開闊爛漫堆衆皺或連若相從
或蹙若相鬭或妥若弭伏或竦若驚雊或散若
瓦解或赴若輻一作輪輳或翩一作泛若船遊或決
若馬驟或背若相惡或向若相佑或亂若抽筍
或嵲若炷灸或錯若繪畫或繚若篆籀或羅若
星離或蓊若雲逗或浮若波濤或碎若鋤耨或
如賁育倫賭勝勇前購先強勢已出後鈍嗔䛒
譳上音鬭下音耨或如帝王尊叢集朝賤幼雖親不褻
狎雖遠不悖謬或如臨食案肴核分飣餖又如
遊九原墳墓包槨柩或纍若盆甖或揭若登豆

或覆若曝鼈或頹若寢獸或蜿若藏龍或翼若
搏鷙或齊若友朋（一作隨迎）或隨（一作差）若先後或迸
若流落或顧若宿留或戾若仇讎或密若婚媾
或儼若峩冠或翻若舞袖或屹若戰陣或圍若
蒐狩或靡然東注或偃然北首或如火熺熛或
若氣饙餾或行而不輟或遺而不收或斜而不
倚或弛而不彀或赤若禿鬝（音慳）或熏若柴槱或
如龜坼兆或若卦分繇或前橫若剝或後斷若
宿誾誾樹牆垣巘巘架庫廐參參（初金反）削劒戟
煥煥銜瑩琇敷敷花披蕚闟闟屋摧霤悠悠舒

而安兀兀狂以狃超超出循奔蠢蠢駭不憖大
哉立天地經紀肖營䏲厥初孰開張僶俛誰勸
侑劊茲朴而巧戮力忍勞疚得非施斧斤無乃
假詛呪鴻荒竟無莫一作傳功大莫豈一作酬儻嘗
聞於祠官芬苾降歆嗅斐然作歌詩惟用贊報
酭

南海亂石山作

杜審言

漲海積稽天羣山高嶫地相傳稱亂石圖典失
其事懸危悉可驚大小都不類乍將雲島極還

與星河次上聳忽如飛下臨仍欲墜朝暾赩丹紫交晚烟青翠穹崇霧雨蓄幽隱靈仙閟萬尋掛鶴巢千丈垂一作束猿臂昔去景風涉今來姑洗至觀此得詠歌長時想精異

曲龍山歌

顧況

曲龍丈人冠藕花其顔雪映光明砂玉繩金枝有通籍五岳三山如一家遥指叢霄杳靈島島中曄曄無凡草九仙傲睨折五芝翠鳳白麟回異道石臺石鏡月長明石洞石橋連上清人間

妻子見不識拍雲揮手升天行摩天截漢何瀟
洒四石五雲更上下方小兆更拜焉願得騎
雲作車馬
子欲居九夷乗桴浮於海聖人之意有所在曲
龍何在在海中石室玉堂窅玲瓏其下琛惟之
所產其上靈棲復無限無風浪頂高屋脊有風
天晴翻海眼願逐剛風騎吏旋起居按摩參寥
天鳳凰頰骨流珠珮孔雀尾毛張翠蓋下看人
界等蟲沙夜宿層城阿母家

苕蘚山歌

顧况

野人夜夢江南山江南山深松桂閑野人覺後長歎息帖蘚粘苔作山色閉門無事任盈虛終日欹眠觀四如一如白雲飛出壁二如飛雨巖前滴三如騰虎欲咆哮四如嬾龍遭霹靂崱屴嵌空潭洞寒小兒兩手扶欄干

岳上作

脩睦

始好步青苔蟬聲且莫催辛勤來到此容易便言迴遠水月末上四方雲正開更堪逢道侶特

地話天台

華山南春望

朱景玄

靈嶽多異狀巉巉出虛空閑雲戀巖壑起滅蒼

翠中皓氣澄野水神光閟瓊宫鶴巢前林雪瀑

落蒲澗風春盡花未發川迴路難窮何因著山

屐鹿跡尋羊公

地肺山春日

温庭筠

苒苒花明岸涓涓水遶山幾時拋俗事來共白

雲閑

題鹿門山

孟浩

清曉因興來乗流越江峴沙禽近方識浦樹遙莫辨漸到鹿門山山明翠微淺巖潭多屈曲舟檝屢廻轉昔聞龐德公採藥遂不返金澗養芝朮石牀卧苔蘚紛吾感耆舊結纜事攀践（一作覽事悲躋践）隱跡今尚存高風邈已遠白雲何時去丹桂空偃蹇探討意未窮廻艫夕陽晚

紀南陵題五松山

李白

聖達有去就潛光愚其德魚與龍同池龍去魚不測當時版築輩豈知傅說情一朝和(一作雨)殷人光氣爲列星伊尹生空桑捐庖佐皇極桐宮放太甲攝政無愧色三年帝道明委質終輔翼曠哉至人心萬古可爲則時命或大謬仲尼將奈(一作其)何鸞鳳忽覆巢麒麟不來過龜山蔽魯國有斧且無柯歸去來歸去來(一作歸來歸去來)宵濟越洪波

和段校理冬夕寄題廬山二十韻

劉得仁
名山身未到此恨蓄多時是夕吟因話他年去
必隨常聞廬岳頂半入楚江湄幾處懸崖上千
尋瀑布垂鑪峰松淅瀝湓浦棹參差月色連湖
白鐘聲拂浪遲煙梯緣薜荔巘寺陟嵌危地夲
饒靈草林曾出祖師石樓霞耀壁猿樹鶴分枝
細逕縈巖末高窻見海涯嵌空寒更極寂寞夜
猶思陰谷冰埋术仙田雲覆芝亂泉禪客漱異
跡逸人知蘚室新開竈墭潭未了棊如何遂閑
放長得任希夷空務漁樵事方無道路悲謝公

臺尚在陶令柳尋衰塵外誰相許人間貴亦遺
雛懷丹桂顛不忘白雲期仁者終携手今宵頳
賦詩

題金山　韓垂

靈山一峰秀岌然殊衆山根盤大江底影插浮
雲間雷霆常間作風雨時往還象外懸清景千
載長躋攀

題惠山　李郢

乳洞陰陰碧澗連杉松六月冷無蟬黃昏飛盡
白蝙蝠茶火數星山寂然

題君山

雍陶

風波不動影沉沉翠色全微碧色深應是水仙
梳洗處一螺青黛鏡中心

題九華山

譚銖 會昌

憶嚮九華山尚在童稚年浮沉任名路窺仰會
無緣罷職池陽時復遭迎送牽因兹契誠顛矚

望枕席前況值春正濃氣色無不全或如碧玉
靜或似青靄鮮或接白雲堆或映紅霞天呈姿
既不一變態何啻千巍莪本無動崇峻豈可偏
外景自隱映潛滑虛固幽玄我來暗凝情務道志
更堅色與山異性性併山亦然境變山不動性
存形自遷自遷不阻俗自定不失賢浮華與朱
紫安可迷心田

和王季文題九華山

神頴

衆岳雄分野九華鎮南朝彩筆凝遠空崔嵬寄

青霄龍潭古仙府靈藥今不凋瑩爲滄海鏡煙
霞作峯標造化心數奇性狀精氣饒玉樹鬱玲
瓏天籟韻簫寥寂寂尋乳竇兢兢行石橋通泉
漱雲母藉草縈香茗我住幽且深君賞昏復朝
稀逢發清唱片片霜凌飈

題包山　皮日休

一片煙村勝畫圖四邊波浪送清虛此中人若
無租稅直是蓬瀛也不如

題升山

任生

城外升山寺城中望宛然及登無半日欲到已經年

僊都山留題

劉昭禹

林下事無非塵中竟不知白雲深擁我青石合眠誰山靜擣靈藥夜閑論古詩此來親羽客何日變枯髭

雨霽北歸留題三學山

薛能

遠樹平川半夕陽錦城遥辨立危墻閑思勝事
多遺恨却悔公心是漫忙灌口闗尋嶃遠客峨
嵋乖約負支郎靈龕一望終何得謬有人情滿
蜀鄉

題黄頰山辟

王績

别有清溪道斜亘碧巖隈崩榛横古蔓荒石擁
寒苔野心長寂寞山逕本幽迴步步攀藤上朝
朝負藥來幾看松葉秀頻值菊花開無人堪作
伴歲晚獨悠哉

横空怪石危山花鬭日禽争水有時帶月歸扣
船身閑自是漁家仙
山上朅來採新茗雜花亂發前山頂瓊英動揺
鍾乳碧叢叢最高下隨崖嶺未必蓬萊有仙藥能
向鼎中雲漠漠越甌遥見裂鼻香欲覺身輕騎
白鶴
採藥朅來藥苗盛藥生只傍人行徑世人重耳
不重目指似藥苗心不定野客住山三十載妻
見共寄浮雲外小男學語便分別巳辨君臣知
匹配都市廣場開大鋪疾來求者多相誤見説

韓康舊姓名識之不識先相怒

秋山

張籍

秋山無雲復可風谿頭看月出深松草堂不閉石牀靜葉間墜露聲重重

白居易

久病曠心賞今朝一登山山秋雲物冷稱我清羸顔白石卧可枕青蘿行可攀意中如有得盡日不欲還人生無幾何如寄天地間心有千載憂身無一日閑何時解塵網此地來掩關

趙孟奎分門纂類唐歌詩

宋刻書殘本往〻爲書估劃去卷數甚則去其首尾兩葉此書存者於今書僅十之二猶思作僞劃去首尾然及半部古書經劫良可歎也

修能書

予家有舊馬氏小玲瓏山館所藏宋刻本六冊欠葉欠字與此本同即從此録出其序跋亦全唯欠本後半卷兩札當擇好書者録之　修能

皮日休

七相三公盡白鬚腰金印重不勝趨悶來總道
扁舟去只見漁人在五湖

太湖詩并序

皮日休

余頃在江漢嘗躋鹿門歷泂湖然而
未能放形者抑志於道也爾後以文
事造請於是南浮至二別涉洞庭迴
觀數淺源登廬阜濟九江由天柱抵
霍嶽又自箕潁轉樊鄧陟商顏入藍

關凡自江漢至于京千者十數俟繢
者二萬里道之不行者有困辱危殆
志之可適者有山水遊翫則休戚不
孤矣咸通九年自京東遊復得宿太
華樂荊山賞女几度轘轅窮嵩高入
京索浮汴渠至揚州又航天塹從北
固至姑蘇噫江山幽絶見貴于地誌
者余之所到不翅千半則煙霞魚鳥
林壑雲月可爲屬猷之具矣尚樗然
於志者抑古聖人所謂獨行之性乎

逸民之流乎余真得而爲也爾後聞
震澤包山其中有靈異學黄老徒樂
之多不返益欲一觀豁平生之鬱鬱
焉十一年夏六月會大司諫清河公
憂霖雨之爲患乃擇日休將公命禱
于震澤祀事既畢神應如響於是太
湖之中所謂洞庭山者得以恣討凡
所歷皆圖籍稱爲靈異者遂爲詩二
十章以志其事兼寄天隨子

初入太湖

聞有太湖名十年未曾識今朝得游泛大笑稱
平昔一舍行胥塘盡日到震澤三萬六千頃千
頃頗黎色連空淡無顥照野平絕隟好放青翰
舟堪弄白玉笛踈岑七十二雙雙露矛戟悠然
嘯傲去天上搖畫鷁西風乍獵獵驚波菴涵碧
倏忽雪陣吼須臾玉崖坼樹動爲蜃尾山浮似
鼇脊落照射鴻溶清輝蕩抛擲雲輕似可染霞
爛如堪摘漸暝無處泊挽帆從所適枕下聞澎
汃肌上生瘮瘵討異足邅迴尋幽多阻隔願風
與良便吹入神仙宅甘將一蘊書永事嵩山伯

曉次神景宫

夜半幽夢中扁舟似梟躍曉來到何許俄倚包
山脚三百六十丈攢空利如削遐瞻但徙倚欲
上先躩鑠濃露濕莎裳淺泉漸草屩行行未一
里節境轉寂寞静逕侵沉寥仙靠傍巖崿松聲
正清絶海日方照灼欻臨幽墟天萬想皆擺落
壇靈有芝菌殿聖無鳥雀瓊幃自廻旋錦旌空
粲錯鼎氣為龍虎香煙混丹雘凝看出次雲默
聽語時鶴緑書不可注雲笈應無鑰晴來鳥思
喜崦裏花光弱天籟如擊琴泉聲似摐鐸清齋

洞前院敢負玄科約空中悉羽章地上皆靈藥
金醴可酣暢玉鼓堪咀嚼存心服燕胎叩齒讀
龍蹻福地七十二兹焉堪永託在獸之虎貙於
蟲不毒蠚嘗聞擇骨録仙誌非可作緑賜既朱
髓青肝復紫絡伊余之此相天與形皃惡每嗟
原憲瘇常苦齊侯瘧終然合委頓剛亦慕寥廓
三茅亦嘗仕竟與珪組薄欲間包山神來賒少
巖壑

入林屋洞

齋心已三日筋骨如煙輕腰下佩金獸手中持

火鈴幽塘四百里中有日月精連亘三十六各
各爲玉京自非心至誠必被神物㬥顧余慕大
道不能惜微生遂招放曠侶同作幽憂行其門
纔函丈初若盤薄硎洞氣黒眹眈苔髮紅髼鬖
試足值坎窞低頭避峥嶸攀縁不知倦恠異焉
敢驚匍匐一百步稍稍策可横忽然白蝙蝠來
撲松炬明人語散澒洞石響高玲玎脚底龍蛇
氣頭上波濤聲有時若服匿偪仄如見绷俄爾
造平澹豁然逢光晶金堂似鐫出玉座如琢成
前有方丈沼凝碧融人睛雲䨮湛不動齊露涵

而謦欬之恐減筭勺之必延齡愁爲三官責不
敢携一斝昔云夏后氏於此藏眞經刻之以紫
琳袐之以丹瓊期之以萬祀守之以百靈焉得
彼丈人竊之不加刑石簣一以出左神俄不扃
禹書旣之得吳國由是傾蘚縫纔半尺中有怪
物腥欲去旣嘍嘈將迴又伶俜却遵舊時道半
日出杳冥屨涅惹石髓衣濕沾雲英玄籙乏仙
骨青文無絳名雖然入陰宮不得朝上清對彼
神仙窟自猒濁俗形却憎造物者遣我騎文星

雨中遊包山精舍

松門亘五里彩畢高下絢幽人共躋攀勝事頗
清便萋萋林上雨隱隱湖中電薜帶輕束腰荷
笠低遮面濕獲黏煙霧穿衣落霜霰笑次度巉
巖囷中遇臺殿老僧三四人梵字十數卷施稀
無夏屋境僻乏朝膳散髮抵泉流支頤數雲片
坐石忽忘起捫蘿不知倦異蝶時似錦幽禽或
如鈿檗㔩還戛刃栟櫚自摇扇俗態既斗藪野
情空眷戀道人摘芝菌爲余備午饌渴興石榴
羹饑憖胡麻飯如何事于役茲遊急於傳却將
塵土衣一任瀑絲濺

遊毛公壇

却上南山路松行儼如廡松根礙幽徑孱顏不
能斧擺屨跨亂雲側巾蹲怪樹三休且半日始
到毛公塢兩水合一澗潀嵲却爲浦相敵百千
戟共擂十萬鼓噴散日月精射破神仙府徃愁
絶地脉又恐折天柱一窺耳目眩再聽毛髮竪
次到煉丹井井幹翳宿莽下有蘂剛丹勺之百
疾愈凝於白獺髓湛似桐馬乳黃露醒齒牙碧
粘甘肺腑檜異松復恠枯踈乎撐拄乾蛇一百
丈髐然半天舞下有毛公壇壇方不盈畝當時

雲龍篆一片苔蘚古時時仙禽來忽忽祥煙聚
我愛周息元忽起應明主三諫却歸來迴頭唾
珪組伊余何不幸斯人不復覩如何大開口與
世争枯腐將山待夸娥以肉投猰㺄歘坐侵桂
陰不知巳與午兹地足靈境他年終結宇敢道
萬石君輕於一絲縷

三宿神景宫

古觀岑且寂幽人情自怡一來包山下三宿湖
之湄況此深夏夕不逢清月姿玉泉浣衣後金
殿添香時客省高且敞客牀蟠復竒石枕冷入

腦笋席寒侵肌氣清寐不著起坐臨堦墀松陰
忽微照獨見螢火芝之素鶴警微露白蓮明暗池
窻櫺帶乳蘚壁縫含雲䔿聞磬走魍魎見燭奔
羇雌沉瀣欲滴瀝芭蕉未離披五更山蟬響醒
發如吹篪杉風忽然起飄破步虛詞道客巾屨
樣上清朝禮儀明發作此事豈復甘趨馳

以毛公泉一缾獻上諫議因寄

劉根昔成道茲塢四百年毵毵被其體號爲綠
毛仙因思清泠汲鑿彼岸巔五色既鍊矣一
勺方鏗然既用文武火俄窮雌雄篇赤鹽撲紅

霧白華飛素煙服之生羽翼倏爾沖玄天眞隱
尚有迹厥祀將近千我來討靈勝到此期終焉
滴苦破竇淨蘚深餘甃圓澄如玉髓潔泛若金
精鮮顔色半帶乳氣味全和鉛飲之融痞蹇濯
之伸拘攣有時歊者觸倏忽風雷顛素綆絲不
短越罌腹甚便汲時月液動擔處玉漿旋敢獻
大司諫置之鈴閣前清如介潔性滌比掃蕩權
炙背野人與亦思侯伯憐也知飲冰苦顛受一
鉼泉
縹緲峯

頭戴華陽帽手拄大夏筇清晨陪道侶來上縹
緲峰帶露嗅藥蔓和雲尋鹿蹤時驚鼯鼠飛
上千丈松翠碧內有室叩之虗碚礐古穴下徹
海視之寒鴻濛遇歌有佳思緣危無倦容須臾
到絶頂似鳥穿樊籠恐足蹈海日疑身凌天風
衆岫點巨浸四海接圓穹似將青螺髻撒在明
月中片白作越分孤嵐爲吴宫一陣䨪䨴氣隱
隱生湖東激雷與波起狂電將日紅磬磬雨點
大▢▢鬝轟下空㬥光隔雲閃髣髴亘天龍連拳
百丈尾下拔湖之洪捽爲一雪山欲與昭回通

移時却擡下細碎衡與嵩神物諒不測絶景尤
難窮杖策下反照漸聞仙觀鐘煙波噴肌骨雲
壑闐心胷竟死愛未足當生且歡逢不然把天
爵自拜太湖公

桃花塢

夤緣度南嶺盡日穿林樾窮深到兹塢逸興轉
超忽塢名雖然在不見桃花發恐是武陵溪自
閉仙日月倚峰小精舍當嶺殘耕垈採洞任迴
環把雲恣披拂閑禽啼窅篠險狖眠硉矹微風
吹重巖碧埃輕勃勃清陰減鶴睡秀色治人渴

敲竹鬭錚摐弄泉爭咽嗢空齋蒸栢葉野飯調
石髮空羨塢中人終身無履襪

明月灣

曉景淡無際孤舟恣迴環試問最幽處號爲明
月灣半巖翡翠巢望見不可攀柳弱下絲網藤
深垂花鬘松癭忽似狖石文或如虥釣臺兩三
處苔老腥斒斑沙雨幾處霽水禽相向閑野人
波濤上白屋幽深閒曉培橘栽去莫作魚梁還
淸泉出石砌好樹臨柴關對此老且死不知憂
與患好境無處住好處無境刪赧然不自適脉

脉當湖山

練瀆

吳王猷得國所玩終不足一上姑蘇臺猶自嫌
局促艅艎六宫鬧艨衝後軍肅一陣水儛風空
中蕩平渌鳥困避錦帆龍跧防鐵軸流蘇惹煙
浪羽葆飄巖谷靈境太蹂踐因兹塞林屋空闊
嫌太湖嶇嶇開練瀆三尋鬭石齒數里穿山腹
底靜似金膏礫碎如丹粟波殿鄭妲醉蟾閣西
施宿幾轉含煙舟一唱來雲曲不知欄楯上夜
有越人鏃君王掩面死嬪御不敢哭艷魂逐波

濤荒宫養麋鹿國破溝亦淺代變草空綠白鳥都不知朝眠還暮浴

投龍潭

龜山下最深惡氣何洋溢涎末綦龍巢腥風卷蛟室曉來林岑靜獰色如怒日氣涌撲炱煤波澄掃純㴲下有水君府貝闕光比櫛左右列介臣縱横守鱗卒月中珠母見煙際楓人出生犀不敢燒水恠恐摧捽時有慕道者作彼投龍術端嚴持碧簡齋戒揮紫筆兼以金蜿蜒投之光焌律琴高坐赤鯉何許縱仙逸我顧與之遊兹

焉託靈質

孤園寺

艇子小且兀緣湖蕩白芷縈紆泊一碕宛到孤園寺巋島凝清陰松門湛虛翠寒泉飛碧螭古木鬬蒼兕鐘梵在水魄樓臺入雲肆巖邊足鳴蠻樹杪多飛鸓香莎滿院落風泛金靃靡靜鶴啄柏蠹鬭猱弄榅[redacted]小殿薰陸香古經貝多帋老僧方瞋坐見客還強起指兹正險絕何以來到此先言洞壑數次話貫如理磬韻醒開心茶香凝皓齒巾之劫貝布饌以蒳櫝餌數刻得清

淨終身欲依止可憐陶侍讀身列丹臺位雅號
曰勝力亦聞師佛氏今日到孤園何妨稱弟子

上眞觀

逕盤在山肋繚繞窮雲端擿菌杖頭紫緣崖屐
齒刓半日到上眞洞宫知造難雙户啓眞景齋
心方可觀天鈞鳴響亮天禄行蹣跚琪樹夾一
逕萬條青琅玕兩松峙庭際恠狀吁可嘆大蟥
騰共結脩蛇飛相盤皮膚拆甲胄枝節擒貙犴
罅處似天裂朽中如井眢襹褷風聲疏跁跒地
力殫大上露鉗鈦空中狂波瀾合時若莽蒼闢

㲉如轘轅儼對無覇陣静閟嚴陵灘靈飛一以
護山都焉敢干兩廊䋣寂歷中殿高巑岏静架
九色節閑懸十絶幡微風時一吹百寳清闌珊
昔有葉道士位當昇靈官欲箋紫微志唯食虹
景丹既逐隱龍去道風猶恐殘猶聞絳目草往
往生空壇羽客兩三人石上譚泥丸謂我或能
胄粲然與之懽衣巾紫華冷食次白芝寒自覺
有眞氣恐隨風力摶明朝若更住必擬隳儒冠

銷夏灣

太湖有曲㲉其門為兩崖當中數十頃別如一

天池號爲銷夏灣此名無所私赤日莫斜照清
風多遥吹沙嶼掃粉墨松竹調塤箎山果紅韎
鞨水苔清鬖髿木陰厚若瓦巖磴滑如飴我來
此遊息夏景方赫曦一坐盤石上肅肅寒生肌
小艖或可泛短策或可支行驚翠羽起坐見白
蓮披斂袖弄輕浪解巾敵涼颸但有水雲見更
餘沙禽知京洛往來客暍死縁奔馳此中便可
老焉用名利爲

包山祠

白雲最深處像設盈嚴堂村祭足茗糈水奠多

桄槳箬遷突古砌薜荔繃頹墻爐灰寂不然風送杉桂香積雨晦州里流波漂稻粱公惟大司諫憫此如發狂命予傳明禱祇事實不違一尊若聆蠁再祝如激揚出廟未半日隔雲逢淡光𩆸𩆸雨點少漸收羽林檜忽然山家犬起吠白日傍公心與神志相向如玄黃我顏作一疏奏之于穹蒼留神千萬祀永福吳封疆

聖姑廟

洛神有靈逸古廟臨空渚暴雨駁丹青荒蘿繞粱栢野風旋芝蓋飢烏銜椒糈寂寂落楓花時

時鬬鼉鼠常云三五夕盡會妍神侶月下留紫
姑霜中召青女俄然響環珮倏爾鳴機杼樂至
有聞時香來無定處目瞪如有待魂斷空無語
雲雨竟不生留情在何處

太湖石

兹山有石岸抵浪如受屠雪陣千萬戰蘚巗高
下刳乃是天詭恠信非人功夫白丁一云取難
甚網珊瑚厥狀復若何鬼工不可圖或拳若虺
蜴或蹲如虎軀連絡若鈎鏁重疊如蕚跗或若
巨人骼或如太帝符膖肛貿簹笴格磔琅玕株

斷處露海眼移來和沙鬚求之煩耄倪載之勞
舳艫通侯一以貽貴卻驪龍珠厚賜以賑賫遠
去窮京都五侯土山下要爾添嵒峿賞玩若稱
意爵禄行斯須苟有王佐士崛起於太湖試問
欲西笑得如兹石無

菴裏

菴裏何幽奇膏腴二十頃風吹稻花香直過龜
山頂青苗細膩卧白羽悠溶静塍畔起鸂鶒田
中通舴艋幾家傍潭洞孤戍當林嶺罷釣時煮
蓤停繰或焙茗峭然八十老生計於此永苦力

供征賦怡顔過朝暝洞庭取異事包山極幽景
念爾飽得知亦是遺民幸

石板

翠石數百步如板漂不流空疑水妃意浮出青
玉洲中若瑩龍翮外唯疊蛇矛狂波忽然死浩
氣清且浮似將翠黛色抹破太湖秋安得三五
夕携酒棹徧舟召取月夫人嘯歌於上頭又恐
霄景闊虛皇拜仙侯欲見九錫碑立當十二樓
瓊文忽然下石板誰能留此事少知者唯應波
上鷗

奉和太湖詩

陸龜蒙

初入太湖

東南具區雄天水合爲一高帆大弓滿羿射爭
箭疾時當暑雨後氣象仍鬱密乍如開雕籢聳
翅忽飛出行將十洲近坐覺八極溢耳目駭鴻
濛精神寒佶栗坑來斗呀豁涌處驚嵯崒崄異
拔龍湫喧如破蛟室斯須風妥帖若受命平秩
微茫識端倪遠嶠疑格筆巉巉見銅闕左右皆
輔弼盤空儼相趨去勢猶橫逸常聞咸池氣下

注作清質至今涵赤霄尚且浴白日又云構浮
玉宛與崑閬匹肅爲靈官家此事難致詰纔迎
沙嶼好指顧俄已失山川亞蔽虧魚鳥空聲耴
何當授眞檢得召天眞術一一問朝宗方應可
譚悉

曉次神景宫

曉帆逗碕岸高步入神景灑灑襟袖清如臨蘂
珠屛雖然𡨟動息此地常寂静翠钃有寒鏘碧
花無定影馮軒羽人傲夾戶天獸猛稽首朝元
君褰衣就虚省呀空雪牙利漱水石齒冷香毋

耒垂嬰之田不論頃遥通河漢口近撫松桂頂
飯薦七白蔬杯釃九光杏人間附塵躅固陋真
鉗頸骨信抃鼇傾猶疑戛蟲永玄津蕩瓊龍紫
泉啼金鼎盡出冰霜書期君一披省

入林屋洞

知名十小天林屋當第九題之爲左神理之以
天后㽵推辟邪輩在右尊備守自非方瞳人不
敢窺洞口唯君好奇士復嘯忘情友致傘在風
林低冠入雲竇中深劇苔并傍坎繞藥臼石角
忽支頤藤根時束肘初爲大幽怖漸見微明誘

屹若造靈封森如達仙藪嘗聞白芝秀狀與琅
花偶又坐紫泉光甘如酌天酒何人能挹嚼餌
以代糇糗却笑探五符徒勞步雙斗眞君不可
見焚盥空遲久眷戀玉碣文行行但迴首

雨中遊包山精舍

包山信神仙主者上眞職及捿鍾梵侶又是淸
凉域乃知煙霞地絶俗無不得巖開一逕分栢
擁深殿黑僧閉若圖畫像古非雕刻海客施明
珠湘蕤料淨食有魚皆玉尾有鳥盡金臆手携
鞞鐸佉若在中印國千峯殘雨過萬籟淸且極

此時空寂心可以遺智識知君戰未勝尚倚功
名力却下聽經徒孤帆有行色

毛公壇

古有韓終道授之劉先生身如碧鳳凰羽翼拔
輕輕先生盛驅役臣伏甲與丁勢可倒五嶽一不
催鞭羣靈飄飄駕翔螭白日朝太清空遺古壇
在稠疊煙蘿屏遠懷步綱夕列宿森然明四角
鎮露獸三層差羽嬰迴眸眄七炁運足馳躔星
象外眞既感區中道俄成邇來向千祀雲嶠空
崢嶸石上橘花落石根瑤草青時時白鹿下此

外無人行我訪岑寂境自言齋戒精如今君安
死䰟魄猶羶腥有笈皆綠字有芝皆紫莖相將
島浩蕩凌滄溟

三宿神景宫

靈蹤未徧尋不覺谿色暝迴頭問樓所稍下杉
蘿逕巉巖居更幽絕澗户栢隱映過此即神宫虛
堂愜雲性四軒盡踈達一榻何清零髣髴聞玉
笙敲鏗動涼磬風凝古松粒露墜脩荷柄萬籟
既無聲澄明但心聽希微辨真語若授虛皇命
天宅按來平華池漱餘淨頻窺宿羽麗三吸晨

霞盛豈獨冷衣襟便堪遺造請徒探物外趣未
脱塵中病舉手謝靈峯倘佯車歸榜
以毛公泉獻大諫清河公
先生煉飛精羽化成翩翻荒壇與古甃隱軫清
泠存四面蹙山骨中心含月魂除非紫水脉即
是金沙源香竇灑桂蘂甘惟瀆雲根向來探幽
人酌罷祛蒙昏況公珪璋質近處諫諍垣又聞
虛静姿早挂冰雪痕君對瑶華味重獻蘭薰言
當應滌煩暑助詠暈飛軒我願得一掬攀天叫
重閽霏霏散爲雨用以移焦原

縹緲峯

左右皆跳岑孤峯挺然起因思縹緲稱乃在虚

無裹清晨躋磴道便是孱顔始據石即更歌遇

泉還徙倚花竒忽如薦樹曲渾成几樂静煙靄

知忘機猿狖喜頻攀峻過斗未造平如砥舉首

闃青冥廻眸聊下眎高帆大於鳥廣墠纔類蟻

就此微茫中爭先未甞已蕩洪話剛氣去地四

十里苟能乗之遊止若道路耳吾將自峯頂便

可朝帝宸盡欲活羣生不唯私一己超騎明月

蜍復弄華星藥却下蓬萊巔重窺清淺水身爲

大塊客自號天隨子他日向華陽敲雲問名氏

桃花塢

行行問絕境貴與名相親空經桃花塢不見秦時人願此爲東風吹起枝上春願此作流水潛浮藥中塵願此爲好鳥得棲花際鄰願此作幽蝶得隨花下賓朝爲照花日暮作涵花津試爲探花士出作偷桃人桃源不我棄庶可全天眞

明月灣

昔聞明月觀祇傷荒野基今逢明月灣不値三五時擇此二明月洞庭看最奇連山忽中斷遠

樹分毫釐周迴二十里一片澄風漪見説秋半
夜淨無雲物欺兼之星斗藏獨有神仙期初聞
鏘鐐錯積漸調參差空中卓羽衛波上停龍螭
縱舞玉煙節高歌碧霜詞清光悄不動萬象寒
咿咿此會非俗致無由得旁窺但當乘扁舟酒
瓮仍相隨或徹三弄笛或成數聯詩自然瑩心
骨何用神仙爲

練瀆

越侍君子衆大將壓全吳吳將派天澤以練舟
師徒一鏡止千里支流忽然迂蒼奩東洪波坐

似馮夷軀戰艦百萬輩淨宮三十餘平川盛丁
寧絶鳥分儲胥鳳押半鶴膝錦杠雜肥胡香煙
與殺氣浩浩隨風驅彈射盡高鳥杯觥醉潛魚
山靈恐見鞭水府愁爲墟兵利德日削反爲儲
國屠蛮今鈎鏃殘尚與泥沙俱照此月倍苦來
茲煙亦孤丁蒐尚有淚合灑青楓枯

投龍潭

名山潭洞中自古多祕邃君將接神物聊用伸
祀事鎔金象牙角尺木無不備亦既奉眞官因
之徇前志持來展明誥敬以投嘉瑞鱗光煥水

容目色燒山翠吾皇病秦漢豈獨探怪異所貴
風雨時民皆受其賜良田爲巨浸汙澤成赤地
掌職一不行精靈又何寄唯貪血食飽但據驪
珠睡何必費黄金年年授星使

孤園寺

浮屠從西來事者極梁武嚴幽與水曲結構無
遺土窮山林榦盡竭海珠璣聚況即待從臣敢
愛煙波塢幡條玉龍和殿角金虬舞釋子猒樓
臺生人露風雨今來四百載像設藏雲浦輕鴿
亂馴鷗鳴鐘和朝櫓庭蕉裂旗旆野蔓差纓組

石上解空人，窻前聽經虎。林虛葉如織，水淨沙堪數。徧問得中天，歸修釋迦譜。

上真觀

嘗聞昇三清，真有上中下。官居乘佩服，一一自相亞。霄裙或霞粲，侍女忽玉姹。坐進金碧腴，去馳飈𩙪駕。今來上真觀，恍若心靈訝。秪恐暫神遊，又疑親羽化。風餘撼朱草，雲破生瑤榭。望極覺波平，行虛信煙藉。閑開飛龜帙，靜倚宿鳳架。俗狀既能遺，塵冠聊以卸。人間方大火，此境無朱夏。松蓋蔭日車，泉紳拖天罅。窮幽不知倦，復

息芝園舍鏘珮引涼姿焚香禮遥夜無情走聲
利有志依閑暇何處好迎僧希將石樓借

銷夏灣

霞鳥熘難泊雲峯奇未收蕭條千里灣獨自清
如秋古岸過新雨蒿蘿蔭横流遥風吹蒹葭折
處鳴颼颼昔予守圭竇過於回禄因日爲邊留
徒分作袓裯儺顛狎寒水惟不封朱轂侯豈知
煙浪涯坐可思重裘健若數尺鯉泛然雙白鷗
不識號火井孰問名焦丘我負魚鳥家盡室營
扁舟遺名復避世消夏還消憂

包山祠

静境林麓好古祠煙靄濃自非通靈才敢陟羣仙峯百里波浪沓中堂簫鼓重真君具瓊轝髣髴來相從清露濯巢鳥陰靈生晝龍風飄橘柚香日動幡蓋容將命禮且潔所祈年不凶終當以跣闡特用諸侯封

聖姑廟

渺渺洞庭水盈盈芳嶼神因知古佳麗不獨湘夫人流蘇蕩遥吹斜嶺生輕塵蜀綵駁霞碎吳綃盤霧勻可憐飛鷰姿合是粜鸞𡨀坐想煙雨

夕兼之花早春空登油辟車窈窕誰相親好贈

玉條脫堪攜紫綸巾敷勤撥香池重薦汀洲蘋

明朝動蘭檝不翅星河津

太湖石

他山豈無石厥狀皆可薦端然遇良工坐使天

質變或裁基棟宇礧砢成廣殿或剖出溫瑜精

光具華瑱或將破仇敵百礮資苦戰或用鏡功

名萬古如會面今之洞庭者一以爲此選槎牙

真不材反作天下彥所奇者嶔崆所尚者蒸蒨

旁穿參洞穴內竅均環釧刻削九琳窻玲瓏五

明翁新雕碧霞段旋剖秋天片無力置池塘臨
風只流眄

菴裏

山横路若絶轉檝逢平川川中水木幽高下兼
良田溝塍噎繖溜桑柘含踈煙處處倚蠶箔家
家下漁筌駿犢卧親菼野禽爭折蓮試招搔首
翁共語殘陽邊今來九州内未得皆恬然賊陣
始吉語狂波又凶年吾翁欲何道守此常安眠
笑我棲頭去盧中閩刺船余知隱地術可以齊
真仙終當從之遊庶復全於天

石板

一片倒山屏何時隳洞門屹然空闊中萬古波濤痕我意上帝命持來壓泉源恐爲庚辰官囚怪力所撖又疑廣袤次零落潜驚奔不然遭霹靂強半沉無垠如何造化首便截秋雲根往事不足問奇蹤安可論吾今病煩暑據簟嘗昏昏欲從石公乞瑩理平如璊前後植桂檜東西置琴樽盡携天壤徒浩唱羲皇言

泛五湖

李紳

范子蜕冠履扁舟遊霄漢嗟予抱險艱怵惕經
瀰漫窮通泛濫勞趣適殊昏旦浴日邊層空浮
天淼無畔依灘落葉聚立浦驚鴻散浪疊雪峰
連山孤翠崖斷風帆同巨壑雲矗成高岸宇宙
或東西星辰沉粲爛霞生澒洞遠月吐青熒亂
豈復問津迷休爲呂梁歎漂沉身詎保覆溺心
長判胡越郡異鄉嬰童[redacted]爲翫依稀占井邑嘹
喉同鵝鸛舉棹未宵分維舟方日旰徜斯濟川
力若鼓凌風翰易狎當悔遊臨深罔知難

錢唐湖春行

白居易

孤山寺北賈亭西水面初平雲脚低幾處早鶯
爭暖樹誰家新鷰啄春泥亂花漸欲迷人眼淺
草纔能没馬蹄最愛湖東行不足緑楊陰裏白
沙堤

鏡湖夜泊有懷

李頻

廣水遥隄利物功因思太守惠無窮自從版築
興農隙長與耕耘致歲豐漲接星津流蕩漾寬
浮雲岫動虛空想當戰國開時有范蠡扁舟秪

此中

泛鏡

王貞白

我泛鏡湖日未生千里蓴時無賀賓客誰識謫僊人吟對四時雲憶遊三島春惡聞亡越事洗耳大江濱

過巢湖

杜荀鶴

世人貪利復貪榮來向湖邊始至誠男子登舟與登陸把心何不一般行

趙載同遊焦湖夜歸作

顥士

將澤國淜騰迎淮甸東江輸大江別流從
此縣仙尉俯勝境輕橈恣遊衍自公暇有餘徽
尚得所顛拈引闇翰墨風流盡歡宴稍移井邑
閒始悅登眺便遥岫逢映接連塘乍廻轉劃然
氣象分萬頃行可見波中峰一點雲際帆千片
浩歎無端涯孰知蘊靈變往遊信不厭畢景方
未還蘭　裏延緣蒲稗閒勢隨風潮遠心
筵見出浦月雄光射東闕悠然蓬壺

顔安得傲吏隱彌年寓兹山

經江寧覽舊跡至玄武湖

張九齡

南國更數世北湖方十洲天清華林苑日晏景陽樓果下廻仙騎津傍駐綵旒鳧鷖喧鳳管荷芰鬬龍舟七子陪詩賦千人和棹謳應言在鎬樂不讓横汾秋風俗因紓慢江山成易由駒王信不武孫叔是無謀佳氣日將歇霸功誰與脩桑田東海變麋鹿姑蘇遊否運争三國康時芳九州山雖幕府在館豈豫章留薄宦長昬闕遵

貌攺寂寂爾胡爲不詣詞
徵生尚何有遠跡固其宜思
情遥越鳥枝故園從海上良友邈天
知一別川原勞載馳上嘶伯樂顧中買伯
牙知去國誠寥落經途弊險巇歲逢霜雪苦林
屬蕙蘭萎欲贈幽芳歌行悲舊賞移一從關作
限兩見月成規苒苒窮年籥行行盡路岐征鞍
秘北渚歸帆指南垂樹曉猶葱蒨江寒尚渺瀰
士
刀入湘奇石瀨相奔觸煙林更
洞汴輕舸泛澄漪松篠行皆傍禽

地隔不與故人窺疇昔陪鴛
音雖寂寞接景每逶迤朝罷
冥塵事賓來沽酒卮邀歡逐芳草結輿選華池
及此風成歎何時霧可披自憐無用者誰念有
情離望美音容闊懷賢夢想疲因聲達霄漢持
拙守東陂

汎沔州城南郎官湖并序

李白

乾元歲秋八月白遷於夜郎遇故人
尚書郎張謂出使夏口沔州牧杜公

漢陽宰王公觴于江城之南湖樂天下之再平也方夜水月如練清光可掇張公殊有勝槩四望超然乃顧白曰此湖古來賢豪遊者非一而往跡佳景寂寥無聞夫子可爲我標之嘉名以傳不朽白因舉酒酹水號之曰郎官湖亦由鄭圃之有僕射陂也席上文士輔翼岑静以爲知言乃命賦詩紀事刻石湖側將與大别山共相磨滅焉

趙孟奎分門纂類唐歌詩

天地山川類卷第三十二　趙孟奎　分門纂

類唐歌詩三十二

泉石

泉　引泉

聽泉　聞泉

山泉　山下泉

松下泉　新泉

僧院泉　飛泉

流泉　秋泉

甘泉　温泉

漢武泉　噴玉泉
鶴鳴泉　清冷泉
惠泉　雙泉
聰明泉　方丈泉
潛泉　飲馬泉
牧馬泉　野狐泉
虎揺泉　峽石泉
梅嶺泉　泉眼
雜題　瀑布
水簾　石

愛石　移石
竒石　㑷石
磐石　亂石
孤石　雙石
小石　片石
太湖石　西施石
陶潛醉石　望夫石
枕流石　羅浮石
爛柯石　三生石
七賢石·　赤城石

立石　石筍

石柱　石牀

石版　雜題

古碑附　沙附

泉石

泉

崔塗

遠辭巖竇瀉潺潺靜拂雲根別故山可惜寒聲
留不得旋添波浪向人間

李中

潺潺青嶂底來處一何長漱石苔痕滑侵松鶴
夢涼泛花穿竹塢瀉月下蓮塘想得歸何處天
涯助渺茫

引泉

陸龜蒙

上嗣位六載吾宗刺桐川余來拜旌戟詔下之
明年是時春三月繞郭花蟬聯嵐盤百萬髻上
插黄金鈿授以道士館置榻于東偏蕭院聲碧
樹空堂形老仙本性樂凝澹及來更虛玄焚香
禮真像盥手披靈編新定山角角烏龍獨巉然

除非淨晴日不見著崖顛上有峯雲峰下有噴
壑泉泉分數十乂落處皆崝嶸寒聲入爛醉聒
破西窻眠支筇起獨尋只在牆東邊呼僮具畚
鍤立鑿莓苔穿漾蔂瀠派墮練帶橫斜牽亂石
抛落落寒流響濺濺狂奴七里瀨縮到疏楹前
跳光潑半散涌沫飛旋圓勢束三峽挂瀉危孤
磴縣曾聞瑶池溜亦灌朱草田崑伯弄碧緌鸞
雛舞丹煙陵風捩桂柁隔霧馳犀船況當玄元
家嘗著道德篇上善可比水斯文參五千精靈
若在此前恶徽波傳不擬爭滴瀝還應會淪漣

出門後飛箭合勢浮青天必有學眞子鹿冠秋
鶴顔如能輔余志日使疏其源

引泉

白居易

一爲止足限二爲衰疾牽邴罷不因事陶歸非
待年歸來嵩洛下閉戸何翛然静掃林下地閑
疏池畔泉伊流狹似帶洛石大如拳誰教明月
下爲我聲濺濺竟夕舟中坐有時橋上眠何用
施屏障水竹繞牀前

引東泉作

元結

東泉人未知在我左山東引之傍山來垂流落庭中宿霧含朝光掩映如殘虹有時散成雨飄灑隨清風象源發淵竇殊怪皆不同此流又高懸瀿瀿在長空山林何處無茲地不可逢吾欲解纓佩便爲泉上翁

題僧院引泉

姚合

泉眼高千尺山僧取得歸架空横竹引鑿石透渠飛洗藥溪流濁澆花雨力微朝昏長遶看護

惜似持衣

僧舍引泉灇池　張鼎

引出白雲根潺潺灇蘚痕冷光摇砌錫踈影露枝猿淨帶凋霜葉香通洗藥源貝多文字古宜稱此中飜

聽泉　齊己

落石幾萬仞遠聲飄冷空高秋初雨後半夜亂山中只有照壁月更無吹葉風記曾廬岳聽到

曉與僧同

聽夜泉　　張籍

細泉深處落夜久漸聞聲獨起出門聽欲尋當澗行還疑隔林遠復畏有風生月下長來此無人亦到明

　　劉得仁

靜落層層石潺湲到鶴林流迴出幾洞源遠歷千岑寒助空山月清兼此夜心幽人聽達曙聊罷蘚床琴

題聰明泉　皮日休

一勺如瓊液將愚擬聖賢欲知心不變還似飲寒泉

聞泉　李咸用

淅淅夢初驚幽窻枕簟清更無人共聽秪有月空明急想穿巖曲低應過石平欲將琴強寫不是自然聲

商山夜聞泉

曹松

瀉月聲不斷坐來心益閑無人知落處萬木冷空山遠憶雲容外幽疑石縫間郙辭通曙聽明日度藍關

宿壽安山陰館聞泉

崔櫓

一支清急萬山來穿竹喧飛破石苔夢在故鄉臨欲到聲聞孤枕却驚廻多愁鬢髮餘甘老有限年光爾莫催緣憶舊遊相似處月明山響子陵臺

石門山泉　　鄭谷

一脉清泠何所之縈莎漱蘚入僧池雲邊野客窮來處石上寒猿見落時聚沫繞槎殘雪在迸流穿樹墮花隨煙春雨晚閑吟去不復遠尋皇子陂

遊龍門香山泉　　韋應物

山水本自佳遊人已忘慮碧泉更幽絶賞愛未能去潺湲冩幽磴繚繞帶嘉樹激轉忽殊流歸

泓又同注羽觴自成翫永日亦延趣靈草有時
香仙源不知處還當候圓月携手重遊寓

途中題山泉

白居易

決決涌巖穴濺濺出洞門向東應入海從此不
歸源似葉飄辭樹如雲斷別根吾身亦如此何

日返鄉園

和茅山高拾遺憶山中雜題

儲嗣宗

香味清機仙府回縈紆亂石便流杯春風莫泛

桃花去恐引凡人入洞來

憶山泉

吴融

穿雲落石細湔湔盡日疑聞弄管絃千仞灑來

寒碎玉一泓深去碧涵天煙迷葉亂尋難見月

好風清聽不眠春雨正多歸未得只應流恨更

潺湲

謝山泉

陸龜蒙

決決春泉出洞霞石壜封寄野人家草堂盡日

留僧坐自向前溪摘茗芽

山下泉　李端

碧水映丹霞濺濺度淺沙暗通山下草流出洞

中花素色和雲落喧聲遶石斜明朝更尋去應

到阮郎家

皇甫曾

漾漾帶山光澄澄倒林影那知石上喧却憶山

中静

宇文鼎

可致清川廣難量利物功涓流此山下誰識去無窮

方山寺松下泉

章孝標

石脉綻寒光松根噴曉霜注瓶雲母滑漱齒茯苓香野客偷煎茗山僧惜淨床三禪不要鬧孤月在中央

岑山所居新泉

靈一

泉源新湧出洞徹映纖雲稍落芙蓉沼初淹苔

蘚文了將空意靜素與衆流分每到清宵月泠
然夢裏人

和靈一上人新泉

劉長卿

東林一泉出復與遠公期石淺寒流處山空夜
落時夢閑聞細響慮澹對清漪動靜皆無意唯
應達者知

一公新泉

嚴維

山下新泉出泠泠北去源落地纔有響噴石未

成痕獨映孤松色殊分衆鳥喧唯當清夜月觀
此起禪門

李盧二中丞各創山居俱誇勝絶然去城稍
遠來往頗勞弊居新泉實在宇下偶題十
五韻聊戲二君

白居易

龍門蒼石壁浥澗碧潭水各在一山隅迢迢幾
十里清鏡碧屏風惜哉信爲美愛而不得見亦
與無相似聞君每來去矻矻事行李脂轄復裹
糧心力頗勞止未如吾舍下一石與泉甚邇鑿鑿

復濺濺晝夜流不已洛石千萬拳襯波鋪錦綺

海珉一兩片激瀨含宮徵緑宜春濯足凈可朝

漱齒遶砌紫鱗遊拂簾白鳥起何言履道叟便

是滄浪子君若趂歸程請君先到此願以潺湲

聲洗君塵土耳

僧院泉

脩睦

澄澈照人膽深山者一般來難窮處所心去助

波瀾砌曲夜聲苦窻虚客夢闌無心誰肯愛時

有老僧看

七言題僧院泉

脩睦

何處雲根新布得歸仍半日在煙蘿莫輕竹引經窗小須信更深入耳多遶砌雖然清自別出門長恐濁相和從此無心戀滄海滄海無風亦起波

信州聞通寺題僧砌下泉

曹松

細聲從嶠足幽淡浸香墀此境未開日何人初見時耗痕延黑蘚淨鑄吐微澌應有喬梢鶴下

來當飲之

西縣道中有短亭巉穴飛泉隔江灑至因成

二首

薛能

風湶津濕共微微隔岸泉衝石簌飛爭得巨靈

從野性舊鄉無此擘將歸

一瀑三峯赤日天路人才見便翛然誰能夜向

山根宿涼月初生的有僊

題山中流泉

儲光羲

山中有流水借問不知名映地爲天色飛空作雨聲轉來深澗滿分出小池平恬澹無人見年年長自清

洞靈觀流泉

李郢

石上苔蕪水上煙潺湲聲在觀門前千巖萬壑分流去更引飛花入洞天

雜言無錫惠山寺流泉歌

皇甫冉

寺有泉兮泉在山鏘金鳴玉兮長潺潺作潭鏡

兮澄寺內泛巖花兮到人間土膏脉動知春早

隈隩陰深長苔草㕓㕓縈廻石磴喧朝朝盥漱

山僧老松自新清流活活無冬春任疏鑿兮與

汲引若有意兮山中人偏依佛界通仙境明滅

玲瓏媚林嶺宛如太室臨九潭詎滅天台望三

井我來結綬未經秋已厭微官憶舊遊且復遲

廻猶未去此心秖爲靈泉留

賦得三峽流泉歌

李季蘭

妾家本住巫山雲巫山流水常自聞玉琴奏出

轉寥敻直似當時夢中聽三峽迢迢幾千里一時流入幽闈裏巨石崩崖指下生飛波遠浪絃中起初疑噴怒含雷風復似嗚咽流不通迴湍曲瀨意將盡時復滴瀝平沙中憶昔阮公爲此曲能使仲容聽不足一彈既畢還一彈願此流泉鎮相續

秋泉

薛濤

冷色初澄一帶煙幽聲遙瀉十絲絃長來枕上牽清思不使愁人半夜眠

甘泉詩并序

耿湋

甘泉美良牧也覃懷舊水鹹鹵人多
祓患天愍遺甿是生王公惠和既敷
妙用潛應頃修壘虐寇鑿井便漑忽
遇醴泉香甘若飴遂命水工浚渫餘
泥葺欄備綆維人所欲萬瓶繼挈道
路紛紛既蠲諸邪亦愈群瘵豈止夫
宜盥漱之用增烹飪之味客乃率然
遂賦兹什

異井甘如醴深仁遠未涯氣寒堪破暑源凈自
蠲邪脩綆懸冰甃新桐蔭玉沙帶星凝曉露拂
霧湧秋華緑溢涵千仞清泠飲萬家何能蔦洪
宅終日閉煙霞

温泉　　羅鄴

一條春水漱莓苔幾繞玄宗浴殿回此水貴妃
曾照影不堪流入舊宫來

題温泉　　李涉

能使時平四十春開元聖主得賢臣當時姚宋
并燕許盡是驪山從駕人

過温湯　　　　　　高宗

温渚停仙蹕豐郊駐曉旌路曲回輪影巖虚傳
漏聲暖溜驚湍駃寒空碧霧輕林黄踈葉下野
白曙霜明眺聽良無已煙霞斷續生

題廬山山下湯泉　　白居易

一眼湯泉流向東浸泥澆草煖無功驪山温水

因何事流入金鋪玉甃中

經漢武帝泉作

趙嘏

芙蓉池苑起清秋漢武泉聲落御溝他日江山映蓬鬢二年楊柳别漁舟竹間駐馬題詩去物外何人識醉遊盡把歸心付紅葉晚來隨水向東流

題噴玉泉

白居易

泉噴聲如玉潭澄色似空練垂青嶂上珠瀉綠

盆中溜滴三秋雨寒生六月風何時此巖下來

作濯纓翁

過噴玉泉

趙嘏

平生半爲山淹留馬上欲去還回頭兩京塵路

一雙鬢不見玉泉千萬秋

鶴鳴泉

曹松

仙鶴曾鳴處泉兼半井苔直峰拋影入片月瀉

光來潋灧侵顏冷深沉慰眼開何因值丹頂滿

汲石瓶迴

齊己

嘹唳遺蹤去澄明物掩難噴開山面碧飛落寺
閒寒汲引隨瓶滿分流逐處安幽蟲乗葉過渴
狖擁條看上有危峰疊旁疑怪石盤冷吞雙樹
影甘潤百毛端異早聞鐫玉靈終別建壇瀟湘
在何處終日自波瀾

遊南陽清泠泉

李白

惜彼落日暮愛此寒泉清西輝逐水流蕩漾遊

子情空歌望雲月曲盡長松聲

惠泉

李德裕

兹泉由太潔終不畜纖鱗到底清何益含虛勢自貧明璣難祕彩美玉詎潛珍未及黄陂量滔滔豈有津

松倚蒼崖老蘭臨碧澗衰不勞鄰舍笛吹起舊時悲

題惠泉

沈傳師、

京路馬駸駸塵勞日向深蒙師聊息駕可以洗
吾心
題清蘿翁雙泉
耿湋
側弁向清漪門中夕照移異源生暗石疊響落
秋池葉擁沙痕没流回草蔓隨泠泠無限意不
獨遠公知
聰明泉
皮日休
一勺如瓊液將愚擬望賢欲知心不變還似飲

貪泉

方丈泉

裴夷直

循涯不知淺見底似非深永日無波浪澄澄照我心

遥賦義興潛泉

李中

見說靈泉好潺湲興莫窮誰當秋霽後獨聽月明中濺石苔花潤隨流木葉紅何當化霖雨濟物顯殊功

鹽州過胡兒飲馬泉

李益

緑楊著水草如煙舊是胡兒飲馬泉幾處吹笳明月夜何人倚劒白雲天從來凍合關山路今日分流漢使前莫使行人照容鬢恐驚憔悴入新年

牧馬泉

劉言史

平沙漫漫馬悠悠弓箭閑抛郊水頭鼠毛衣裏取羌笛吹向秋天眉眼愁

野狐泉

羅隱

潏潏寒光濺路塵相傳妖物此潛身又應改換皮毛後何處人間作好人

題虎掊泉

脩睦

一自虎掊得清聲四遠流泉人憐爾處長夜洗心頭出谷花隨去背巖猿下偷林邊落江徼風起雨脩脩

峽石西泉

韓愈

居然鱗介不能容石眼環環水一鍾聞說旱時求得雨秪疑科斗是蛟龍

題梅嶺泉

孫魴

梅嶺舊聞傳林亭勢巃嵸登臨真不易幽勝恐無先楚野平千里吳江曲一邊標形都大別洞府豈知焉飛閣橫空去征帆落面前南雄雉堞峻北壯鳳臺連爛熳三春媚參差百卉妍風桃諸處鎖洛竹半溪烟燕入晴梁語鶯從暖谷遷

石根朝靄碧簾際晚霞鮮逕柳行難約庭莎醉
好眠清明時更異造化意疑偏不獨宜韶景尤
須看暑天藥苗繁似結蘿蔓猛如編珠亞垂枝
果冰澄汲井泉粉墻蜩蜕落丹檻雀雛顛炎氣
微芒覺清飈左右穿雲峯從勃起葵葉豈勞扇
又見秋天麗渾將夏日懸紅顆看霜樹香老卧
池邊菱芡誰鋪繡莓苔自學錢暗蟲依砌響明
月逗簾圓小砌滋新菊高軒噪暮蟬雨聲寒颯
颯鴈影曉聯聯釋此何堪翫深冬更可憐窻中
看短景樹裏見重川岡阜分明出杉松氣槩全

謳成白雪曲吟是早梅篇荆制誰人解根基大
守賢或時留皂蓋盡日簇華筵誰詠憂黎庶徃
遊泥管絃交加豐玉食來去逆金船侍從非常
客排諧像列仙畫旗張赫奕妖妓舞蟬娟罷宴
心猶戀將歸興尚牽秖應愁逼夜寧肯賞經年
孤賤伊何幸躋攀奈有緣展眉驚豁達徐步喜
周旋諷詠雖知苦推功靡極玄聊書四十韻甘
責未精專

太平寺泉眼

杜甫

招提憑高岡踈散連草莽出泉祜柳根汲引歲
月古石間見海眼天畔縈水府廣深丈尺間宴
息敢輕侮青白二小蛇幽姿可時覩如絲氣或
上爛熳爲雲雨山頭到山下鑿井不盡土取供
十方僧香美勝牛乳北風起寒文弱藻舒翠縷
明涵客衣淨細蕩林影趣何當宅下流餘潤通
藥圃三春濕黄精一食生毛羽

雜題

安州應城玉女湯

李白

神女殁幽境湯池流大川陰陽結炎炭造化開
靈泉地底爍朱火沙傍歊素煙沸珠躍晴月皎
鏡涵空天氣浮蘭芳滿色漲桃李然精覽萬殊
入潛行七澤連愈疾功莫尚變形道乃全濯纓
掬清泚晞髮弄潺湲散下楚王國分澆宋玉田
可以奉巡幸余何隔窮偏獨隨朝宗水赴海輸
微涓

遊南陽白水登石激作

李白

朝涉白水源暫與人俗踈島嶼佳境色江天涵

清虛目送去海雲心閑遊川魚長歌盡落日乘

月歸田廬

老題石泉

白居易

殷勤傍石遶泉行不說何人知我情漸恐耳聾

兼眼暗聽泉看石不分明

石水洞

揚巨源

銀罌深鎖貯清光無限來人不得嘗知共金丹

爭氣力一盃全勝五雲漿

和崔會稽詠王兵曹廳前湧泉勢成中字

包融

茂德來徵應流泉入詠歌含靈符上善作字表中和有草恒垂露無風欲偃波爲看人共水清白定誰多

別石泉

李紳

在惠山寺松竹之下甘爽乃人間靈液清澄鑒肌骨含漱開神慮茶得此水皆盡芳味

素沙見底空無色青石潛流暗有聲微渡竹風
涵淅瀝細浮松月透輕明桂凝秋露添靈液茗
折香芽泛玉英應是楚宮連洞府浴池今化醒
泉清

泉上雨後作

元季川

風雨蕩繁暑雷息佳霽初衆風帶雲雨清風入
我廬颭颭涼飈來臨窺愜所圖綠蘿長新蔓梟
梟垂坐隅流水復簷下丹砂發清渠養葛爲我
衣種芋爲我蔬誰是畹與畦彌慢連野蕪

瀑布

章孝標

秋河溢長空天灑萬丈布深雷隱雲壑孤電掛
嵒樹滄溟曉噴寒碧落晴湯素非趨下流急勢
使不得住

褚載

瀉霧傾烟撼撼雷滿山風雨助喧豗爭知不是
青天闕撲下銀河一半來

盧山瀑布

孫魴

有山來便有萬丈落雲端霧噴千巖濕雷傾九
夏寒圖中僧寫去湖上客迴看却羨爲猿鶴飛
鳴近碧湍

張碧

誰將織女機頭練貼出青山碧雲面造化工夫
不等閑剪破澄江凝一片怪來洞口流嗚咽怕
見三冬晝飛雪石鏡無光相對愁漫漫頂上沉
秋月爭得陽烏照山北放出青天豁胸臆黛花
新染插天風驀吐中心爛銀色五月六月暑雲
飛閣門遠看澄心機參差碎碧落巖畔梅花亂

擺當風散

裴説

静景憑高望，光分翠嶂開。嶮飛千尺雪，寒撲一聲雷。過去雲衝斷，傍來燒隔迴。何當住峯下，終歲絶塵埃。

望廬山瀑布二首

李白

西登香爐峰，南見瀑布水。挂流三百丈，噴壑數十里。歘如飛電來，隱若白虹起。初驚河漢落，半灑雲天裏。仰觀勢轉雄，壯哉造化功。海風吹不

斷江月照還空空中亂還射左右洗青壁飛珠
散輕霞流沫沸穹石而我遊名山對之心益閑
無論漱瓊液且得洗塵顔且諧宿所好永願辭
人間

日照香爐生紫煙遥看瀑布挂長川飛流直下
三千尺疑是銀河落九天

湖口望廬山瀑布水

張九齡

萬丈洪泉落迢迢半紫芬雜飛下雜樹洒落出
重雲日照虹蜺似天清風雨聞靈山多秀色空

水共氤氲

入廬山仰望瀑布水

張九齡

絶頂有懸泉喧喧出煙杪不知幾時歲但見無
昬曉閃閃青崖落鮮鮮白日皎灑流濕行雲濺
沫驚飛鳥雷吼何噴薄箭馳入窈窕昔聞山下
蒙今乃林巒表物情有詭激坤元曷絲矯默然
置此去變化誰能了

奉使過石門瀑布并序

丘丹

謝康樂宋景平中爲永嘉守有宿石
門巖上詩寺六代祖梁中書侍郎天
監中有過石門城瀑布詩後亦爲此
郡小子大曆中奉使竊有繼作雖不
足克紹祖德追蹤昔賢蓋遣奇懷感
之志也
溪上望懸泉耿耿雲中見披榛上巖巘絕壁正
東面千仞瀉聯珠二潭噴飛霰嵯漴滿山響坐
覺炎氛變照日類虹蜺從風似綃練靈奇既天
造惜處窮海甸吾祖昔登臨謝公亦遊衍王程

攫淹泊下磴空延眷千里雷尚聞巒廻樹蔥蒨
崩波恭賤役探討愧前彥永欲洗塵纓終當愜
兹願

仙巖四瀑布即事寄上祕書包監侍郎七兄
吏部李侍郎十七兄婺州趙中丞處州齊
諫議明州李九郎十四韻

路應

絶境幺蒙蔽芟蘿方迨兹樵蘇尚未及冠冕誰
能知緣崖開逕小架木度空危水激千雷發珠
聯萬貫垂陰晴狀非一昬旦勢多奇井識軒轅

跡壇餘漢武基猿聲響深洞巖影倒澄池想像
虬龍去依稀羽客隨覬奇目豈倦尋異神忘疲
千雲松作蓋積翠薜成帷含意攀丹桂凝情顧
紫芝芸香藹芳氣冰鏡徹圓規胥念滄波遠徒
懷魏闕期徵黄應計日莫鄙北山移

奉和郎中遊仙巖四瀑布寄包秘監李吏部
趙婺州中丞齊處州諫議十四韻按圖經轄黄帝
軒泉山傳録與小登趙眞人即此山

李縝

符守分珪組放情在丘巒悠然造雲族忽爾登

天壇求古理方賾覩奇物不殫晴光散崖壁瑞
氣生芝蘭中有四瀑水奔流狀千般風雲隱巖
底雨雪霏林端晶晶含古色颼颼引晨寒澄潭
見猿飲潛穴知龍盤坐甜憩苔石遍仰窺杉桂攢
幽蹊創高躅靈藥餘仙飱携賞喜康樂示文鸞
建安縑緗炳珠寳中外貽同官末調亦何謂輙
陪高唱難慙非御徒者還得依門欄

奉和郎中遊仙山四瀑泉兼寄李吏部包祕

監趙婺州齊處州

戴公懷

今日永嘉守復追山水遊因尋莽蒼野遂得軒
轅丘訪古事難究覽新情屢周溪垂緑篠暗巖
度白雲幽過石奇不盡出林香更浮憑高擁虎
節搏險窺龍湫淙潨瀉三四奔騰千萬秋寒驚
殷雷動暑駭繁霜流沫濺羣島外光揺數峯頭
叢崕散滴瀝近谷藏颼飀況此特形勝自餘非
等儔靈光掩五嶽仙氣均十洲書以謝羣彦永
將叙徽猷當思共攀陟東南看斗牛

奉和郎中題仙巖瀑布十四韻

靈澈

致閑在一郡民安已三年每懷貞士心孫許猶
差肩採異百代後得之古人前捫險路坱圠臨
深闇潺湲上有千歲樹下飛一白丈泉清谷長雷
雨丹青凝霜煙遥將大壑近闇與方壺連白石
顔色寒老藤花葉鮮軒皇自兹去喬木空依然
碧山東極海明月高升天平野生竹栢雖遠地
不偏永巔酬國恩自將布金田穆穆早朝人英
英丹陛賢誰思滄洲意方欲涉巨川

奉和郎中遊仙山四瀑布兼寄李吏部包祕
監判官

孟翔

昔人忩探討飛流稱石門安知郡城側別有神泉源疏鑿意大禹勤求聞軒轅悠悠幾千歲翳薈羣木繁奇狀出蔽蔓勝槩畢討論沿崖百丈落奔湍當空翻下如散雨足上擬屯雲根變態凡幾處靜神竟朝昏渴賢寄珠玉愛馥尋蘭蓀蘿蔦罥紫綬巖隈駐朱轓方思謝康樂好事名徒存

尋簡寂觀瀑布

韋應物

躡石欹危過急澗攀崖迢遞弄懸泉猶將虎竹
爲身累欲付歸人絶世緣

簡寂觀西澗瀑布下作　韋應物

淙流絶壁散虚煙翠澗深叢際松風起飄來灑
麋襟窺蘿翫猿鳥解組傲雲林茶果邀眞侶觴
酌洽同心曠歲懷茲賞行春始重尋聊將横吹
笛一寫山水音

東山瀑布　方干

遥夜看來宜月照平明失去被雲迷掛巖遠勢
穿松塢擊石殘聲注稻畦素色噴成三伏雪餘
波流作萬年溪不緣眞宰能開決應向山前雜
淤泥

石門瀑布

方干

奔傾漱石亦噴苔此是便隨元化來長井掛巘
輕似練遠聲離洞咽於雷氣含松桂千枝潤勢
晝雲霞一道開直是銀河分派落兼聞碎滴濺
天台

題仙巖瀑布呈陳明府

方干

方知激㲹與噴飛直恐古今同一時遠壑流來多石脉寒空撲碎作凌澌謝公巖上衝雲去織女星邊落地遲聚向山前更誰測深沉見底是澄漪

噴玉布

孟郊

去塵咫尺步山笑康樂巖天開紫石孱泉縷明月簾仙凝刻削跡靈綻雲霞纖悅聞若有待瞥

見終無厭俗玩詎能近道嬉方可淹踏着不死
攙欲歸多浮嫌古醉今忽醒今求古仍潛古今
相共失語默兩難恬贈君噴玉布一濯髙瀟瀟

詠小瀑布　　皎然

瀑布小更奇潺湲二三尺細脉穿亂莎蕤聲咽
危石初因智者賞果會幽人跡不向定中聞那
知我心寂

水簾　　羅鄴

萬點飛泉下白雲似簾懸處望疑真若將此水
爲霖雨更勝長垂隔路塵
亂泉飛下翠屏中似共真珠巧綴同一片長垂
今與古半山遥聽水兼風雖無舒卷隨人意自
有潺湲濟物功每向暑天來往見疑將仙子隔
房櫳

水簾吟　　薛能

萬滴相隨萬響兼路塵天産盡旁露源從顥氣
何因絶派助前溪豈覺添豪客每來清卓蔦愁

人才見認秋簷嘉名已極終難稱別是風流不
是簾

界圍巖水簾

柳宗元

界圍匯湘曲青壁環澄流懸泉粲成簾羅注無
時休韻磬叩凝碧鏘鏘徹巖幽丹霞冠其顛想
像凌虛游靈境不可狀鬼工諒難求忽如朝玉
皇天冕垂前旒楚臣昔南逐有意仍丹丘今我
始北旋新詔釋縲囚采眞誠眷戀許國無淹留
再來寄幽夢遺貯催行舟

冉至界圍巖水簾遂宿巖下

柳宗元

發春念長違中夏欣再覩是時植物秀杳若臨
玄圃歊陽訝垂冰白日驚雷雨笙簧潭際起鸛
鶴雲間舞古苔凝青枝陰草濕翠羽蔽空素彩
列激浪寒光聚的皪沉珠淵鏘鳴捐珮浦幽巖
畫屛倚新月玉鉤吐夜涼星滿川忽疑眠洞府
聽事之西因依墉壑爲山藪仍有懸水焉于
理戎之暇聊以息讌此相國張公之所作
也緬懷高致時濯塵纓即事寄言而賦斯什

裴度

奇峰似天作半倚增城隅何處通泉脉潺湲覔
朝晡挂石懸一帶灑荷散千珠迴互賞高人何
爲對武夫鼓鼙時鏗鍧吏卒亦喧呼愧爾來我
所顧我非爾徒乃是風流相昔嘗居此都能移
造化力雅與山水俱多慙受成者得此聊自娛

石

李嶠

宗子維城固將軍飲羽威巖花鑑裏發雲葉錦
中飛入宋星初隕過湘鷰早歸儻因持補極寧

復想支機

愛碣山一石

劉义

碣石何青青挽我雙眼睛愛爾多古峭不到人間行

移石

褚載

磷硇一片溪中石恰稱幽人彈素琴浪浸多年苔色在洗來今日磋痕深磨看粹色何珠玉敲有奇聲直異金不是不堪爲器用都緣良匠未

留心

題竒石

李德裕

藴玉抱清暉閑庭日蕭灑塊然天地間自是孤生者

題祖山人池上恠石

張碧

寒姿數壘竒突兀曾作秋江秋水骨先生應是厭風雷著向池邊塞龍窟我來池上傾酒樽半酣書破青煙痕參差翠縷攏不落筆頭驚恠粘

秋雲我聞吳中項容水墨有高價邀得將來倚
松下鋪却霜縿直道難棹首空歸不成畫

戲題磐石　王維

可憐磐石臨泉水復有垂楊拂酒盃若道春風
不解意何因吹送落花來

亂石　李商隱

虎踞龍蹲縱復横星光漸減雨痕生不須併礙
東西路哭殺厨頭阮步兵

題曲阿三昧王佛殿前孤石

劉長卿

孤石自何處對之疑舊遊氛氲峴首夕蒼翠剡

中秋迥出羣峰當殿前雪山靈鷲慙貞堅一片

孤雲長不去莓苔古色空蒼然

雙石

白居易

蒼然兩片石厥狀恠且醜俗用無所堪時人嫌

不取結從胚渾始得自洞庭口萬古遺水濵一

朝入吾手擔舁來郡内洗刷去泥垢孔黑煙痕

深鏄青苔色厚老蛟蟠作足古劒揷爲首忽疑
天上落不似人間有一可支吾琴一可貯吾酒
峭絶高數尺坳泓容一斗五絃倚其左一盃置
其右窪樽酌未空玉山頹已久人皆有所好物
各求其偶漸恐少年塲不容垂白叟迴頭問雙
石能伴老夫否石雖不能言許我爲三友

題新定八松院小石

杜牧

雨滴珠璣碎苔生紫翠重故關何日到且看小
三峯

片石

唐彦謙

小齋廬阜石寄自沃洲僧山客勞携笈幽人自得朋渡雲低作段野浪凍成層便可同清話何須有物憑

題王使君片石

顧非熊

勢似孤峯一片成坐來疑有白雲生主人莫惟殷勤看遠客長懷舊隱情

太湖石

白居易

煙翠三秋色波濤萬古痕削成青玉片截斷碧雲根風氣通巖穴苔文護洞門三峯具體小應是華山孫

遠望老嵯峩近觀怪嶔崟纔高八九尺勢若千萬尋嵌空華陽洞重疊匡山岑邈矣仙掌迥呀然劒門深形質冠今古氣色通晴陰未秋已瑟瑟欲雨先沉沉天姿信爲異時用非所任磨刀不如礪擣帛不如砧何乃主人意重之如萬金

造物者獨能知我心

王貞白

誰憐孤峭質移在太湖心出得風波外任他池館深下同花逞艷多媿竹垂陰一片至堅操那憂歲月侵

依韻和幹公題庭中太湖石

王貞白

山立秪盈尋高奇藥圃陰風濤打欲碎巉嶻穴鑿方深蘚點晴偏緑𧰼藏曉競吟歲寒終不變堪比古人心

徒勞水府尋宛在玉堂陰蘭圃安雖窄盆池映

轉深山僧來盡愛詩客見先吟若是買花者年年不計心

太湖石　吳融

洞庭山下湖波碧波中萬古生幽石鐵索千尋取得來奇形怪狀誰能識初疑㝡家正人立又如戰士方狙擊又如防風死後骨又如於菟活時額又如成人楓又如害癭栢雨過上停泓風來中有隙想得沉潛水府時興雲出雨蟠蛟螭

〇來硉矹林庭上長恐忽然生白浪用時應不

利如皇將去也堪隨傳望噫嘻爾石好憑依幸
有方池并釣磯小山蘩桂且爲伴鍾阜白雲長
自歸何必豪家甲第裏玉欄干畔爭光輝一朝
荆棘忽流落何異綺羅雲雨飛

買太湖石

姚合

我嘗遊太湖愛石青嵯峨波瀾取不得自後長
咨嗟奇哉賣石翁不傍豪貴家貧石聽苦吟雖
貧亦來過貴我辯識精取價復不多比之昔所
見珍怪頗更加背面淙注痕孔隙若琢磨水稱

至柔物湖乃生壯波或云此天生嵌空亦非
氣質偶不合如地生江河置之書房前曉霧常
紛羅碧光入四隣墻壁難蔽遮客來謂我宅忽
若巖之阿

西施石　　樓穎

西施昔日浣紗津石上青苔思殺人一去姑蘇
不復返岸傍桃李爲誰春

題西施石　　王軒

嶺上千峯秀江邊細草春今逢浣紗石不見浣紗人

題陶淵明醉石

陳光

片石露寒色先生遺素風醉眠芳草合吟起白雲空道出乾坤外聲齊日月中我知彭澤後千載與誰同

書陶潛醉石

王貞白

片石陶眞性非爲麴糵昏爭如累月醉不笑獨

醒人積疊苔莓色交加薜荔根至今重九日猶
待白衣䰟

望夫石　武元衡

佳名望夫處苔蘚封孤石萬里水連天巴山暮
雲碧湘妃淚下竹成班子規夜啼江樹白

劉禹錫

終日望夫夫不歸化爲孤石苦相思望來已是
幾千載只似當時初望時

孟郊

望夫石夫不來兮江水碧行人悠悠朝與暮千
年萬年色如故

劉方平

佳人成古石蘚駮覆花黄猶有春山杏枝枝似
薄粧

枕流石

費冠卿

不爲幽岸隱古色涵空出顒以清泚流鑒此堅
貞質傍臨玉光潤時瀉苔花密往往鷩游鱗尚
疑垂釣日

題羅浮石　李德裕

清景持芳菊涼天倚茂松名山何必去此地有羣峯

爛柯石　孟郊

仙界一日内人間千歲窮雙棊未變局萬物皆爲空樵客返歸路斧柯爛從風唯餘石橋在猶自凌丹虹

三生石

脩睦

聖蹤誰會得每到意徘徊一尚有不可三從何
處來清宵寒露滴白晝野雲隈應是表靈異閑
心休更猜

靈徹上人何山寺七賢石

皎然

七石配七賢隱僧山上移石性殊磊落君心又
高奇禪子衲宜懷坐客冠可隳夜倚月樹影畫
傾風竹枝集賢患鎚琢表頑用磷磂佚火玉亦
害塊然長在兹

臨海太守惠予赤城石報以此詩

李德裕

聞君採奇石剪斷赤城霞潭上倒虹影波中摇

日華仙巖接絳氣谿路雜桃花若值客星去便

應隨海槎

天竺寺殿前立石

姚合

補天殘片女媧抛撲落禪門壓地坳霹靂劃深

龍舊攫蛩盤痕淺虎新抓苔粘月眼風挑剔塵

結雲頭雨磕敲秋至莫言長矻立春來自有薜

蘿交

石筍　　劉昭禹

千古海門石移歸吟叟居䲔腥蛟出後形瘦浪衝餘工語寧無玉僧知忽有書好期仙者叱變化向庭隅

謝主人石筍　　齊己

西園罷宴遊東閣念林丘將減花邊峭分來竹裏幽憶過陽朔見曾記太湖求從此頻吟遶歸

山意亦休

石柱　鄭谷

暴亂免遺折森羅賢達名未郎何所取叨繼外門榮

題兖州泗河中石牀　吳融

苔牀水漱痕何人清賞動乾坤謫仙醉後雲野客吟時月作魂光景不迴波自遠風流無言邇來多少登臨客千載誰將勝事論

石版

李咸用

高人好自然移得他山碧不如版平平大巧非
因力古蘚小青錢壓中看野色冷倚砌花春靜
伴踈篁直山僧若轉頭如逢舊相識

石版歌

李咸用

雲根劈裂雷斧痕龍泉切璞青皮皴直方挺質
貞且貞當庭卓立疑頑神春雨流膏成立文主
人性靜看長新明月夜來迴短影何如照冷太

湖濵

松化爲石　　齊巳

盤根幾聳翠崖前却偃凌雲化至堅午結精華

齊永劫不隨凋變巳千年逢賢必用空蒙立遇

聖終將刻印傳肯似荆山鑿餘者蘚封頑滯卧

嵐煙

蓮石　　白居易

青石一兩片白蓮三四枝寄將東洛去心與物

相隨石倚風前樹蓮栽月下池遥知安置處預
想發榮時領郡來何遠還鄉去已遲莫言千里
別歲晚有心期

題峽中石上　白居易

巫女廟花紅似粉昭君村柳翠於眉誠知老去
風情少見此爭無一句詩

南侍御以石相贈助成水聲因以絶句謝之

白居易

泉石磷磷聲似琴閑眠静聽洗塵心莫輕兩片

青苔石一夜潺湲直萬金

石宮四詠

元結

石宮春雲白白雲宜蒼苔拂雲踐石徑俗士誰能來

石宮夏水寒寒水宜高林遠風吹蘿蔓野客熙清陰

石宮秋氣清清氣宜山谷落葉逐霜風幽人愛松竹

石宮冬日暖暖日宜温泉晨光靜水霧逸者猶

安眠

古碑　　姚合

荒田一片石文字滿青苔不是逢閑客何人肯讀來

新沙　　陸龜蒙

渤澥聲中漲小堤官家知後海鷗知蓬萊有路教人到應亦年年稅紫芝

天地山川類卷第三十二